哉

志賀直哉

●人と作品●

福田清人
栗林秀雄

CenturyBooks
清水書院

序

青春の日、すぐれた文学作品や、史上大きな業績を残した人物の伝記にふれることは、精神の豊かな形成に大いに役立つことである。

ことに苦難をのりこえて、美や真実を求めて烈しく生きた文学者の伝記は、この両方にまたがって、強い感動をよぶものがあり、一方その作品の鑑賞や理解を助ける大きな鍵《かぎ》となるものである。

たまたま清水書院より、近代作家の伝記とその作品を平明に解説する「人と作品」叢書の企画について相談を受けた。清水書院がわの要望は既成の研究者より、むしろ新人を期待するということであったので、この叢書中の二、三の私の監修以外の人を除いては、私の出講していた立教大学で近代文学を専攻した諸君を推薦《せん》することとした。私も監修者として、その原稿にはすべて目を通してきた。

こうしてすでに一九六六年より続刊されているが、幸い新鮮な本として好評のようである。

ここにその一冊として栗林秀雄君の「志賀直哉」が刊行されることとなった。執筆者は立教大学の大学院で近代文学を専攻し、現在、博士課程にある。そのかたわら研究室の助手を勤めている。

白樺派の一人として、きわめて強烈にその自我を貫き、純粋一路に生きて、次の世代にも幅広く、また奥深い影響を与えた志賀直哉の行路と、その主要作品についてここにまとめてくれた。

この書は、志賀文学について、まことにその要点をおさえた、手頃のガイドブックの役割りをつとめているといいいたい。

福田清人

目次

第一編　志賀直哉の行路

〃自分を熱愛し、自分を大切にせよ〃

この言葉は作家志賀直哉の生き方を象徴的に物語っている。

「自分の過去を顧み、自分を熱愛し、自分を大切にし、自分を尊敬して来た」という志賀直哉は、同時に絶えず自己嫌悪《けんお》にも陥った。しかし彼は自分を見放しはしなかった。自分を大切なものに思う気持ちは失わなかったのである。

幼少年期
——活発な少年——

出生

東北の一大河川《かせん》、北上川は、ゆるやかな流れを太平洋に注《そそ》いでいる。四季おりおりの漁でいつもにぎわっている漁業基地、石巻港は、この北上川が長い長い旅を終えて海に流れ込む所にある。

志賀直哉は、明治十六（一八八三）年二月二十日、父直温《なおはる》、母銀の次男としてこの石巻に生まれた。当時、父親は三十歳で第一銀行の石巻支店員としてこの港町に住んでいた。だが、直哉が生まれた翌々年に一家はこの地を去り東京に移った。このため、まだ一、二歳の赤ん坊であった直哉にとって石巻での生活は、なんの思い出にも残りえなかった。赤ん坊の直哉はただただ両親の特に母の暖かい愛情にはぐくまれて成長していったのである。東北のきびしい寒さに向かう折《おり》など、直哉に向けられた母の心づかいは

直哉の生地，石巻の風景

父　直温

生母　銀

なみならぬものがあった。メリンスでつくった「てっぽう袖」の暖かな着物を着せられ風邪《かぜ》をひかぬように、病気をしないようにと十分に注意されて育った。すくすくと成長するこのころの直哉の姿を母が東京の祖母にあてた手紙の中から生き生きと浮かび上がらせる事ができる。

　直やも日増しに智慧《ちえ》もつき、いろ〱おぼえ申し候、あかめなどおぼえ候、ねん〱こと申し候て、からだをゆすり居り候。河岸《かわぎし》（北上川《きたかみがわ》）にて遊び、つれ帰り候と、どこまでも、又、行くとあばれ申し候。日々皆様と大わらひ致し居り候。（「実母の手紙」）

この手紙は、後年、直哉が不思議な縁で発見したものだったが、そのいきさつについては、「実母の手紙」（昭和二十四年一月号『文芸春秋』）にくわしく語られている。その中で直哉は、「母の手紙は文章も文字も拙《つたな》く」と述べている。だが、いかに拙《つたな》い文章であっても子どもへの深い愛情を秘めたこの母の手紙からは、みんなから愛され大事にされて元気よくすくすくと成長する直哉の姿を、はっきりとうかがう事ができるのである。

母の愛――この無報酬の愛は、その子の人間的、精神的な成長に大きな影響を与えるものであるが、直哉はこのかけがえのない母を早くに失ってしまうことになるのである。

祖父直道

祖母留《る》女《め》

祖父母の手へ

父直温が第一銀行を辞《じ》し、一家を伴《ともな》って石巻を去ったのは、明治十八（一八八五）年で、直哉三歳の時であった。祖父直道はこのとき相馬家《そうまけ》に仕えており、その旧藩邸である東京麹《こうじ》町内幸町《まちうちさいわいちょう》に住まっていた。直哉と両親はこの祖父の家に移り住んだ。

もともと志賀家は武士の家柄で、代々磐城《いわき》の国の相馬藩に仕えていた。そのため祖父直道は、廃藩後も相馬家の家令として招かれていたのである。直哉の父の代からは相馬家に仕えるようなことはなくなったが、ただ代々の武士の血は直哉のからだの中にも流れていたのである。

さて、直哉一家の東京での生活が始まった。しかし、新たに居を移したのは、そこが東京であったということより以上に、祖父母の手にその幼い直哉の養育がゆだねられたことに、直哉の性格形成の上で大きな意味を持つこととなった。

直哉には、直行という兄がいたが、直哉が生まれる前に二年八カ月で早死にをしてしまった。祖父母はこのことを若夫婦のあやまちだと思ったらしく、そのために父母から直哉をとりあげて、祖父母たちみずからの手で育てあげることとなったのである。

この間の事情を後年、直哉は次のように述べている。

僕の兄貴といふのが僕の生まれる前の年に三つで疫痢《えきり》で死んだので——守《もり》がつれて行つて他家《よそ》で何か食べさして死んだので——そのあとに生れた僕は非常に用心して育てられた。それに母は二十一だし、父は文部省の役人で金沢の高等学校に会計で行つてゐたり、第一銀行の釜山《ふざん》の支店へも行つてゐたりして、家《うち》にゐることが少なかつたから、僕は自然、祖父《じい》さん、祖母《ばあ》さん児になつてしまつた。(「稲村雑談」)

幼児の直哉がこの祖父母の暖かい愛情にはぐくまれながら、一方、祖父母の人間性に深く感化され影響を受けて成長していくのである。特に祖父直道の人格に強く魅《ひ》かれ、大きな影響を受けた事は、たんに血のつながりという以上のものがあった。だが、それも、毎日「祖父と一緒に寝た」という日常の生活の中から、多感な直哉少年が受けた知らず知らずの深い影響だったのである。

幼稚園から初等科

「芝公園の中に幼稚園があつて、四つから七つまで其所に通った。」明治十九(一八八六)年四月に入園した芝幼稚園では、習字、粘土《ねんど》細工、積木、唱歌、体操などを習った。遊びの方では、メンコ、ビー玉、石けり、ケン玉、双六《すごろく》などをして楽しんでいた。しかし、遊びざかりの直哉少年はこのようなおとなしい遊びばかりしていたのではなかった。時には危いことも平気でやった。

ある日の夕方時、人々が夕食の支度で忙しく働いている隙《すき》に、しも手洗場《ちょうずば》の屋根へかけ捨ててあった梯子《はしご》から母屋《おもや》の屋根へ登って棟《むね》伝いに鬼瓦《おにがわら》の所まで行って馬乗りになり、大きな声で唱歌を歌ったことがあった。夕日に直哉少年の頬は紅《あか》く染まって、何ともいえない快活な気分を味わった。しかし、この時は祖母に見つかり大変に叱《し》かられてしまった。それでも、当時の直哉少年が非常に元気のよい少年だったことが、この一つのできごとでもよくうかがえる。

少年の元気で活発な姿というものは一つの美しさである。直哉少年もこの美しさを持っていた。だが、元気さがあまって少々きかん坊で我儘《わがまま》なところも直哉少年にはあった。

ある時、それほど食べたくもない羊かんをむりやりにねだって、母をこまらせ泣かせてしまったことがあった。

私の我儘な性質とか意久地《いくじ》なしとかは総《すべ》て祖母の盲目的は愛情の罪として自家の者からも親類からも認められて居た。(「祖母の為に」)

直哉少年は、この時、すでに自分の我儘な性質を知っていたのかも知れなかった。なぜならあの屋根に登った時のことや、また羊かん事件のことなどは、いつまでも忘れられぬ直哉の哀《かな》しいなつかしい思い出であったから。

明治二十二(一八八九)年に直哉少年は幼稚園から学習院の初等科に進んだ。そのころの学習院は虎の門にあり、煉瓦《れんが》づくりのりっぱな建物だった。校舎の前には、静かな美しさをたたえるお濠《ほり》があった。教室にはスティーム暖房の設備があって、冬にはこのスティームの鉄管の上に持ってきた弁当をのせておくと、昼にはあたたかい食事ができた。また学校の近くに金毘羅《こんぴら》さんがあり、縁日《えんにち》の日などは教室の窓からいろいろな見世物を見ることができた。

初等科に進んだ直哉少年は、いよいよ活発な少年となって行った。「角力《すもう》だとか棒取りだとか、さういふ力業の遊びばかりしてゐる」(「興津」)子どもだった。そして外へ出て遊ぶことも多くなり、行動範囲もまたひろがって行った。

今の日比谷公園の外側に、当時はきれいな水が流れていて、そこに「ギギ」という魚がいた。この魚は刺《さ》すやつで刺されると大変痛いため、用心しながら捕《と》って遊んだ事があった。また、そのころの外務省の前にあった溝《みぞ》もわりにきれいで、ここには「エビ」がいたので、ざるでそれをたくさんすくいとって、友だちといっしょになってそれを煮て食べたりしたこともあった。このように毎日戸外の青空の下で、そのころ東京にもまだ残っていた「自然の面影」の中で元気よく遊び暮らしたのだった。少年のころはだれでも同じように「遊ぶ」ことが目的であり、その遊びの中から知らないうちにいろいろなものを学んで行くのである。何か目的があって遊ぶというようなことはないのであろう。

ある時、麻布《あざぶ》の仙台坂の下の原に小さな流れがあり、そこで「イモリ」をバケツいっぱいに捕ったことがあった。イモリをつかまえる時は、つかまえることが楽しみであり目的であったのが、いざバケツいっぱいに捕ってしまったら、いったいどうしたらよいかわからなくなってしまった。そこでしかたなく煮湯をざあとかけて皆殺しにしてしまったのである。少年の心には時としてこのようなことを平気でやれる残酷《ざんこく》さがあるのかも知れないが、このイモリの場合はむしろ、遊び疲れて困惑《こんわく》した直哉少年の姿がうかがえておかしくもある。このような行動的な毎日の生活の中でも、このころから直哉少年は、雑誌の中の絵を見たり、お伽噺《とぎばなし》の本を読んだりしたのである。

すべてのものごとが、めずらしく、おもしろく、何一つとして直哉少年の好奇心をくすぐらないものはなかった。きっかりとみひらいた大きな目で、直哉少年はなんでも見たのだった。

悲しい出来事

明治二十三（一八九〇）年の四月に祖父直道は相馬家の家令を辞し、家政顧問《こもん》の委嘱《いしょく》を受けた。一家は内幸町の家から芝公園内の元増上寺の学寮であった家に移った。

この芝での生活が始まって三年ほどした夏のある朝だった。刑事が二人来て祖父を家の裏口から連れて行ってしまった。旧藩主相馬誠胤《まさたね》を気違《きちがい》にしたて、しまいに毒殺したという嫌疑《けんぎ》で拘引《こういん》したのだった。祖父と祖母の間に寝て、寒い晩などは大きな祖父のふところで抱《だ》かれて眠るのが好きだった直哉少年から、このかけがえのない祖父が不意にもぎとられるようにして連れて行かれてしまったのである。直哉少年にとってこのことは、「生涯での最初の悲しい出来事であつた。」（「祖父」）

当時は日清戦争の始まる一年前で、まだ泰平《たいへい》無事な時代だったために、新聞はこの事件に関してある事ない事を「持ダネ」として書きたてた。暑中休暇がすんで学校へ出なければならなくなった時、直哉少年はなんだか行くのがいやだった。それでも行ってみるとだれも事件に触れたことを言う者はなく、むしろ榎本武《えのもとたけ》揚《あき》の三男で級友の尚方《なおかた》という少年などは、「君のおじいさんの無実であることは僕はちゃんと知っている」といって励ましてくれたりした。これを聞いた時の直哉少年は非常にうれしく思い、このことをいつまでもいつまでも忘れずにいたのだった。そうこうするうちにこの事件は、万事明らかとなった。

同藩の錦織剛清《にしごりごうせい》という男が前から計画的にやつた事で、あらかじめ、「闇《やみ》の世の中」などといふお家騒動の小説本を出版したり、かなり周到《しゅうとう》な下拵《したごしら》へをしてから起こした事件だつたのである。（「祖父」）

七十五日経《た》って祖父は、青天白日《せいてんはくじつ》の身となって帰ってきた。「青天白日」という言葉を家の人みんなが使うのでこの時初めて知ったという直哉少年は、祖父の帰宅をだれよりも喜んだ一人だったのである。

兎に角、待ちに待つた祖父が帰つて来たのだから、非常な喜びである筈なのだが、私は変な感動で、人の背後《うしろ》に隠れてゐて、祖父の前へ出て行く事が出来なかつた。何時頃であつたかよく覚えないが、大分夜が更けてゐたやうな感じだつた。そのうち、祖父は私の名を云つて、「何所へ行つた？」といひ、皆も気がついて、私は祖父の前に押出されたが、私は只、大きな声をあげて泣いて了つた。（「祖父」）

少年のもつ「はにかみ」が、時として心の中にある喜びを素直《すなお》に表現させぬことがある。祖父が帰宅した時の直哉少年の姿は、まさにこのはにかみのためにうれしさを表わせず、かえってわけもなく泣いてしまったのである。だが、このはにかみの中にこそ直哉少年の大きな喜びが表わされていたのであった。

この「相馬事件」にも結着がついて、しばらくしてから祖父は、「特旨《とくし》」をもって「従六位」という位《くらい》をもらった。このことで祖父の無実が一層明らかに世間に示せたのである。まだ幼かった直哉には、この事件は大きな悲しい出来事であった。だが結果としては、祖父が位をもらい、この事が自分の事以上にうれしく思われたという直哉少年には、暗い悲しい記憶だけが残ったという事件ではなかった。むしろ、この事件をきっかけとして自分にとっては、この祖父の存在がいかに大きいかということを幼いながらも知ったのであった。

後年、直哉はこの事件当時の志賀家の模様を「憶ひ出した事」(明治四十五年一月号『白樺』)という作品やその他の作品に描いている。

母の死

明治二十八(一八九五)年、直哉少年は学習院の中等科に進んだ。この年の夏、臨海学校に参加して片瀬海岸(神奈川県)で数日を過ごした。幼年部の宿舎は、常立寺という寺の本堂があてられていた。この寺に来てまだ日も浅いある日の午後、直哉少年は友だちとこの本堂で楽しく遊んでいた。

午後の水泳が済《す》んで、皆《みんな》で騒いで居ると小使が祖父からの手紙を持つて来た。私は遊びを離れて独り本堂の縁《えん》に出て、立つたままそれを展《ひら》いて見た。中に、母が懐妊したやうだと云ふ知らせがあつた。嬉しさに私の胸はワク〳〵した。(「母の死と新しい母」)

直哉は、兄が早死にしたために生まれてから十二年間というものは、兄弟の味を知らずに過ごしてきた。ところが、突然、自分に弟か妹ができるという話を聞かされた。彼にとっては、何にもましてうれしい、すばらしいニュースだった。さっそく、行李《こうり》の中から硯《すずり》を出して祖父と母にあてて手紙を書き、自分の喜びを表わしたのだった。そして、片瀬にあきて来ると家に帰れる日が待ち遠しいまでになって行った。

旅に出ると家中——祖父から女中までに何か土産《みやげ》を買って帰らねば気が済まない直哉少年は、この片瀬に来てからもそれを考えていた。

然し手紙を見ると「今度は特別に母だけにしよう」と急に気が変つた。「褒美《ほうび》をやる」から云ふつもりであつた。(「母の死と新しい母」)

そして、蝶貝細工の櫛《くし》や簪《かんざし》などを買い求めたのだった。だが、すでにこの時、暗い運命は、喜びと悲しみを表裏させて直哉少年を襲っていたのだ。自分に弟か妹ができるという嬉《うれ》しさで浮き浮きしていた直哉少年は、一瞬のうちに暗い悲しい運命の谷間につきおとされてしまった。限りなく慕わしい母が、いつも慈愛のまなざしで自分を見守っていてくれた母が、死んでしまったのである。

「褒美《ほうび》をやる」つもりで買い求めたせっかくの土産《みやげ》も、母のなきがらとともに棺《ひつぎ》に納められることとなってしまった。

母は、直哉少年が片瀬から帰ってきた時には、ひどい悪阻《つわり》のために床に伏しており、すでに頭が病におかされて変になりつつあった。そして、病気はだんだんと進んでとうとう永遠に帰らぬ人となってしまった。

棺をしめる金槌の音にいまだ十三歳の直哉少年の心は堪《た》えられない痛さを感ずるのだった。そして、母の死後というものは、毎日を泣いて送ったのだった。

この母の死は、直哉少年にとって「生れて初めて起った『取りかへしのつかぬ事』だったのである。」明治二十八（一八九五）年八月三十日のことだった。

新しい母

直哉少年は、実母の死後まもなく新しい母を迎えることとなった。

新たに母となる人の写真を祖父母から見せられて、「如何《ど》思う」と聞かれた。実母の死で泣きあかす毎日であった直哉少年は、この時、「思いがけない事」と思いながらも、「心さへいい方なら」と答えたのだった。そして、しばらくして、この話がまとまると、今度は急に新しい母の来る日が待ち遠しく思われるようになった。

一日一日を胸をときめかしながら待っていた直哉少年の前に、若くて美しい新しい母がやって来た。

浩《こう》　義母

結婚式の当日、直哉少年の心はなぜか勇ましくなった。祖父母やみんながその式の席で謹《つつ》しみ、両手で杯《さかずき》を受けていたのに、自分だけは豪傑《ごうけつ》のふるまいのように右手だけを出して杯を取り上げたりした。そしてまた、そのころ憶《おぼ》えた剣舞を踊ってみせたりしたのだった。

初対面の母に自分の元気なところを見せたかったのかも知れない。

この新しい母は山形県天童《てんどう》の高橋元次の長女で、名前を浩《こう》といい二十四歳の若さであった。

式の翌朝、直哉少年は、縁側の簀子《すのこ》で顔を洗いながら、でもこの朝ばかりは毎朝やるように手で洟《はな》をかむことがなんとなくできなかった。新しい母への気がねがあったからだ。そして、昨夜、式の時に母が忘れてきたハンカチをとどけに行った。何か口ごもりながら手渡すと、「ありがとう」といって、この美しい母は親しげに直哉少年の顔をのぞき込んだ。直哉少年は、いい知れぬ喜びが身内にあふれて、縁側を片足で二度ずつ跳《と》ぶかけ方をして、「別に用もないのに」書生部屋に行ったりした。

みんながこの新しい母を讃《ほ》めていた。直哉少年にはそれがうれしく、愉快でならなかった。

母といっしょに外出する時など、往来の男たちが母の顔に特別に注意してじっと見入るのを見たりすると、そのたびごとに直哉少年は、「淡い一種の得意」を感ずるのだった。

そして此時はもう実母の死も純然たる過去に送り込まれて了つた、——少くともそんな気がして来た(「母の死と新しい母」)直哉少年であった。

この新しい母は直哉少年とは十一歳しか違っていなかったが、終生、この義理の子である直哉をかばいよく尽した。後年、青年となった直哉が父と激しい対立をするが、その間に立ってよく努力し、二人を和解させるのに尽力する人となるのである。直哉自身も、「まま母といふ言葉から受けるやうないやな感じは、一度も味はされたことが無かつた」と言っている。

運動好き

中等科時代の直哉少年は、運動好きな活発な少年であった。機械体操の「藤下《ふじさが》り」をやったり、ベースボールなどはクラスの正選手になるほど得意であった。その他には、テニス、ボートなどなんでもした。水泳では江の島と鎌倉の間を泳いだこともあった。学校の放課後も、雨さえ降らなければ夕方までは、きっと運動場で何かをしていたのである。しかしどんな運動にも増して熱中した遊びに自転車乗りがあった。

そのころはまだ自動車はなかったし、電車も走っていなかった。乗物といえば鉄道馬車、円太郎《えんたろう》馬車ぐらいのものであり、一番使われていたのが人力車という時代であった。そのため外国から輸入された自転車などという乗物は非常にめずらしく、また値が高くてめったに手に入らぬものであった。

直哉少年は、祖父にたのんで買ってもらったこの自転車を学校の行き帰りはもとより、友だちの家をたずねるにも買物に行くのにも乗りまわしたのである。そして、坂道の登り降りに痛快さを感じて東京中の急な坂を「征服」する事に興味を持ったりした。また、遠乗りも数えきれぬほどたくさんした。千葉の稲毛《いなげ》へ行ったり、横浜へ何度も行ったりした。曲乗りも得意だったし、またたまには自転車に乗っている時、道で自転車に乗った人に行きあうと、わざわざ車を返して並

少年期，直哉が熱中した自転車遊び（麻布の家の庭で）

んで走り、その人に競走をいどむというようなこともあった。このころの直哉少年は、自転車に乗ってできるあらゆる遊びをして楽しんでいたのである。後年、「自転車」（昭和二十六年十一月号『新潮』）という作品を書いたが、その中には自転車への尽きぬ思い出が書かれてある。

自転車に乗り運動をして遊んでいた直哉少年は、一面わんぱくなところもあった。三つ年上の友だちが自分をいじめるので、腕力では到底《とうてい》勝てそうにないと思って、日本刀を振りまわして相手に傷をつけ、驚かしてやったというようなこともあった。

喧嘩《けんか》もやり、運動もやり、また時には友人たちと箱根や東北の方へ旅に出かけたりした当時の直哉少年は、活発で元気のよい、いかにも少年らしい少年だったのである。

「精神的にも肉体的にも延び延びとした子供」だったのだ。しかし、一方勉強の方はどうかというと、運動ごとが好きで時のたつのさえ忘れてやるだけに、それだけなまけていたようである。運動をして夕方帰って来ると腹が空《す》ききっているので、ごはんを六杯でも七杯でも食べる。そして部屋に入ればもう何もする元気がなくなり、形ばかりは机に向かうがすぐ眠ってしまうという有様だった。これが当時の直哉少年の毎日の生活だった。このためか、中学四年に進級する際に落第し、原級三年にとどまることとなってしまった。

内村鑑三

明治三十（一八九七）年、直哉十五歳の年は、異母妹英《ふさ》が生まれたり、祖父直道が相馬家家政顧問の委嘱を解かれたりした年だった。父直温はこのころから日清戦争以後急上昇した日本の国力の波に乗って、実業界にしだいに地歩を築き、家産を興《おこ》していた。そして一家は、旧大名の屋敷跡である麻布三河台町の大きな邸宅に引っ越していた。

この三河台町に移ったころ家に末永馨《かおる》という書生がいた。ある時、この書生が内村鑑三《うちむらかんぞう》の説教を講習会で聞いて大変に興奮して、ぜひとも君も先生の説教を聞きにこいと、直哉少年を講習会に連れて行った。この時、初めて直哉は内村鑑三を知ったのである。明治三十三（一九〇〇）年、直哉十八歳の夏のことである。

直哉に映った初対面の内村鑑三の印象は次のようなものだった。

広い部屋に四五十人の人が円く坐つてゐる。内村先生は単衣《ひとえ》の着流しでその円の中の一人として坐つてゐられたが、その鋭い感じの顔はおくれて後から入つて行つた私にも直ぐそれと分つた。腕組をして、黙つてゐられる。（「内村鑑三先生の憶ひ出」）

この日から直哉は、書生の末永に連れられてこの講習会に通うこととなった。それは、末永青年の気持ちのいい自恃《じじ》を持った人柄に魅《ひ》かれてついて行っただけではなかった。内村先生の人柄にも徐々に魅かれて行ったのである。

先生の話でも祈でも私が今まで教会で聴いたものとは全然別のものだつた。祈などは思はせぶりな抑揚《よくよう》などの少しもない早い調子で力と不思議な真実さのこもつたものであつた。又聖書に就《つ》いて話される事でも品の悪いセンチメンタルな調子がなく、胸のすく想ひがした。私は先生からどういふ話を聴いたか覚えてゐないが、初めて自分は本当の教へをきいたといふ感銘《かんめい》を受けた。（「内村鑑三先生の憶ひ出」）

青年時代の直哉に多大の
影響を与えた内村鑑三

このような深い感銘を出発として、直哉は、少しずつ少しずつ内村先生に感化を受けた。「正しきものを憧《あこが》れ、不正虚偽《きょぎ》を憎《にく》む」ことを教わり、直哉の「倫理的骨格」が形成される背景には、この内村先生の存在は大きかったのである。そして、ついには自分にとって生涯に多大な影響を与えた人物の一人として、この内村鑑三を師と仰ぐようになるのである。直哉は、この「影響」の意味を次のように説明している。

「若しその人との接触がなかつたら、自分はもつと生涯で無駄《むだ》な回り道をしてゐたかも知れない」と。

そして、この影響を受けた人に、友人では武者小路実篤《むしゃのこうじさねあつ》、身内の者では祖父の志賀直道を挙げ、師としてはこの内村鑑三を挙げている。

明治四十(一九〇七)年に結婚の問題で内村先生の意見を聞きに行き、それ以後先生を訪《たず》ねることがなくなってしまうまで、先生との交渉は続いたのであった。そしてこの七年ほどの間にキリスト教というよりむしろ内村先生との交渉によって、青年期の直哉の思想と自覚のほとんどが形づくられたのである。このことは中村光夫が、「鑑三は彼の青春の観念のすべての内容をなした」(『志賀直哉論』)というように、深い精神的感化を内村先生から受けたことを意味しているのである。

自我のめざめ　すでに見てきたように、中等科時代の直哉は運動好きな活発な少年であった。しかし一方では、「何か私にも精神的な欲求があり」と自《みずか》ら述べているように、精神的な何かをまさぐり求め初めたのである。このような時に内村鑑三を知ったことは、彼の青春を大きく規定することとなった。

「運動の事と小説を読む事、これ以外に殆んど得意のなかつた」（「大津順吉」）直哉にとっては教会に行ってもそれほどの興奮も情熱も沸かなかった。そして最初のうちは、内村先生の説教を聞き、別にそれを批評する気もおきずに先生をただ偉い思想家だと決めて、それをたよっていただけであった。

教会で教へられる事を其儘に信じて、何でも彼でも自分自身を、それに嵌《はめ》込んで行かうと努力した。（「濁った頭」）

のである。だが、内村先生に親しみ、先生を知れば知るほど直哉の身も心も変化をきたし、毎日の生活もおのずから今までとは変わったものとなって行った。あんなに好きだった運動ごとはすべてやめてしまった。そういうことがいかにも無意味に思われてきたがためだった。また、「一方にはみんなと云ふものと、自分を区別したいやうな気分も起つて」きたのだ。

当時、学校で校風改良のための会があり直哉もその一員であったが、その無意味さを指摘してこの会から脱会した。この時、なぜか直哉の身内には、この自分の行為に対する得意さと、今まで味わったことのない誇りを感じたのである。そして、「皆《みんな》の仕てゐる事が益々馬鹿気て見える」ほど、自分と皆とを区別する意識というものを持ちはじめた。ここに少年から青年へと成長して行く直哉の自我を認めることができる。

自我に目覚めはじめた直哉は、自分というものを知ろう、自分とはいったい何なのだろうと煩悶《はんもん》しはじめ、自分を凝視《ぎょうし》する姿勢をとりはじめた。直哉の生活は必然的に動的な世界から静かな瞑想《めいそう》の世界へと移り進んで行くこととなった。

すでに幼いころから本を読むことは好きであった直哉は、それにも増して本の中へと沈潜《ちんせん》して行く日々を送るようになった。学校から帰って来るとすぐにいろいろな本をとりだして読むようになった。伝記、説教集、詩集などをたくさん読みあさったのである。

読書

直哉は幼いときから読書の習慣を身につけていた。後年自分の読書遍歴にいくつかの区切りをつけているが、それによると第一期は、十一、二歳のころからはじまる。このころは、明治初期の政治小説や翻訳小説や、あるいは戯作《げさく》的な作品や童話風の作品まで幅広くいろいろな作品をあさったのである。その作品が意味するのはいかなるものかなどということはあまり考えずに、ただ筋《すじ》のおもしろさにひかれて読んでいたのである。

末広鉄腸《すえひろてっちょう》の政治小説『雪中梅』を読んだり、尾崎紅葉翻案の『二人椋助《むくすけ》』や巖谷小波《いわやさざなみ》の『こがね丸』などを読んでいた。

第二期に入って十三、四歳になると泉鏡花の『化銀杏《ばけいちょう》』などをおもしろく思いながら読み、黒岩涙香《くろいわるいこう》、丸亭素人、村井弦斎《げんさい》、村上浪六などという作家たちの作品をも片端から読んで行った。

何しろ面白くて仕方がなかつた。便所の中は素《もと》より、学校の往復に俥《くるま》の上で読み、教場でも授業中に読んでゐた。（「愛読書回顧」）

読書はすでに少年直哉の生活の中に完全に融《と》け込んでいたのである。風呂の中でも右手だけ濡《ぬ》らさぬようにして読んだり、寝床では行燈《あんどん》の弱々しい灯《あか》りでおそくまで読んでいたというほどであった。

第三期の十五、六歳の時は、硯友社の人々の作品を「あれこれと手当り次第」に読んだ。

尾崎紅葉の『金色夜叉《こんじきやしゃ》』を読むためにわざわざそれが連載されている「読売新聞」をとったりした。紅葉の作品では他に『多情多恨』を読み、あまりおもしろくないので全部を読まなかった。それでも、後年再びこの本を読んだ時は、大変感心し、紅葉の小説ではこれが一番おもしろいのではないかといっている。

泉鏡花《いずみきょうか》の作品も熱中して読んだ。それには、「自分が実母を失った経験から鏡花の亡《な》き母親を憶ふ物語には心を惹《ひ》かれた」（「愛読書回顧」）という理由もあった。

その他には、幸田露伴《こうだろはん》の『五重塔』『対髑髏《たいどくろ》』などをおもしろく読んでいたが、徳富盧花の『不如帰《ほととぎす》』を東北に旅行中に読んだりした。

「不如帰」の女主人公浪子が死ぬ所で直哉は、母の死んだ時の事を憶い出して涙が出て困ったりした。本が好きで、その本の物語の世界に融け入って主人公とともに冒険をし、喜び、涙を流すという本の読み方をしていたのだ。

このことは、直哉の感受性に大きな眼に見えぬ影響を与えて、感受性の豊かな多感な少年直哉を形成させて行ったのかも知れない。

そして十八歳の時、内村鑑三を知り、キリスト教に接する事によってますます直哉の読書熱はさかんになって行った。運動ごとが好きだった彼も、今はすでに、「運動などは軽蔑すべきものだといふやうな気分」になっていた。このころに「何か精神的な欲求」が起こり、自我に目覚めだしていた直哉であったのだから、その読書の熱中ぶりは大変なものがあった。そしてこのころから、西欧文学にも親しみ始めているのである。

イプセン、ゴーリキー、チェホフなどを英訳で読んだ。また、翻訳されていたシェークスピアの作品も悲劇よりは喜劇の方をおもしろく思いながら読んだのであった。

十歳ごろから読み始めた本は、いろいろな系統の本ではあったが、だいたいが小説で筋のおもしろさを楽しんで乱読したのだった。しかしこのように読み漁《あさ》ってきた文学作品を通して、直哉の心の中には文学へ志向する情熱が少しずつつちかわれていたのであった。

青年期
——苦悩の日々——

「私は小さい時から祖父母に育てられ、私は父に親まず、それが後年父と不和になつた原因であつた」（「祖父」）

父との対立

おじいさん・おばあさん児として育った直哉は、父との間はどこかにみぞのある関係にあった。実母などは、一人しかいない子どもに母親として「密着」できない事に非常な淋しさを感じていたらしく、父親もまたそれをどうする事もできなかった。そして、祖父母の愛に育《はぐく》まれて直哉の幼年期は過ぎてしまったのである。だが、幼くして実母を失った直哉は、祖父母の愛情には飽き満ちながらも、やはりなお父親にも愛情を求めたのだった。そして、父に求めた愛情が得られないと、何かしらやりきれない気分になって、逆にいらいらと無闇《むやみ》に父へ突っ掛かって行ったのである。父にとっては、「只無闇に楯突《たてつ》いて来る、何かしら気違じみた不遜《ふそん》な若者」として直哉をどうすることもできず、かえって自《みずか》らの「我執《がしゅう》」と「頑固《がんこ》」さとをあらわして、直哉をはねつけてしまうのであった。

このような関係にあった二人が最初の大きな衝突をしたのは、足尾銅山鉱毒事件の時であった。これは、明治三十四（一九〇一）年、銅山の廃液を流している渡良瀬《わたらせ》川の沿岸に鉱毒による被害が顕著《けんちょ》になりはじめ、

志賀家家系

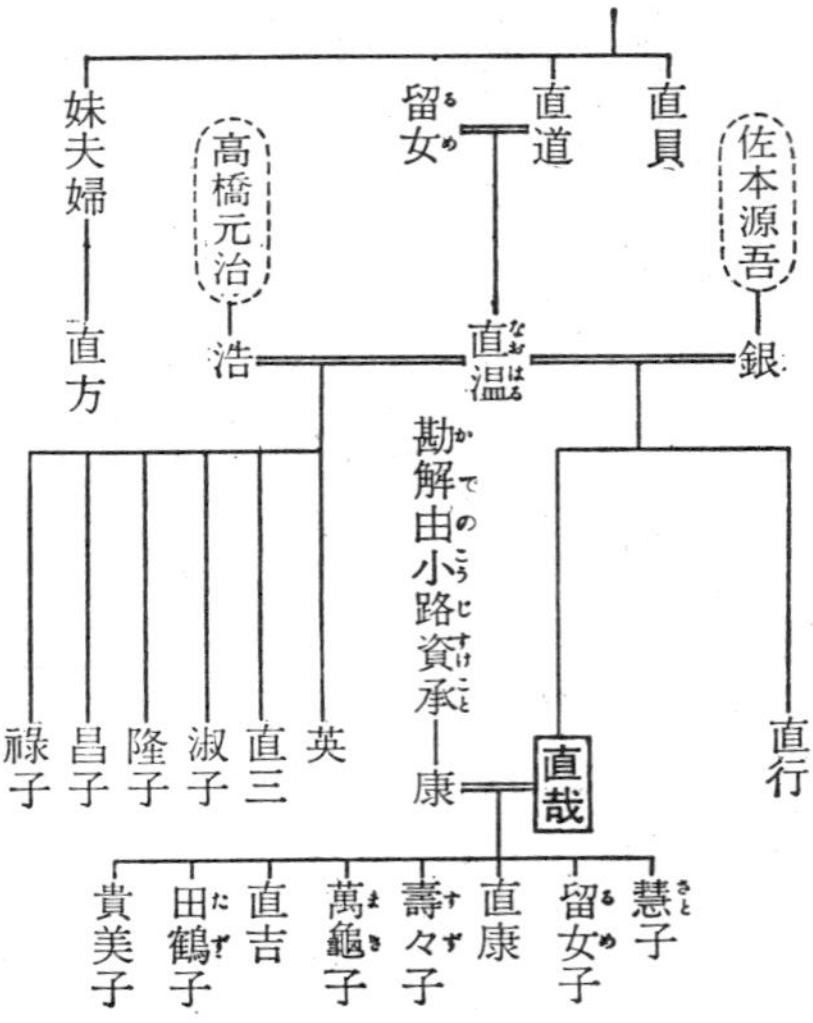

大きな社会問題となって騒がれた事件であった。今日で言う「公害」であったが、近代産業のもたらす一つの大きな弊害《へいがい》を切実な問題として投げかけた事件だったのである。この問題をとりあげた時局大講演会で内村鑑三、片山潜《せん》、安部磯雄《あべいそお》、木下尚江《なおえ》などの人々の「激越な演説」を聞き大変に興奮した直哉は、現地を見舞いかたがた、その悲惨な情況を見てこようと思った。そして、この計画を父に話すと、「『飛《と》んでもない』といふ調子で、父は強硬に反対した」（「祖父」）のである。

この時、すでにその経営から手をひいてはいたものの足尾銅山は、祖父直道が相馬藩の財政建てなおしのために古河市兵衛と組んでおこした銅山だったのである。このため、志賀家と古河家とは、以後つきあいがあり、この事件の張本人として槍玉《やりだま》にあがっていた古河市兵衛に対する気がねが父にはあった。それに当時中学生であった直哉が、この事件をきっかけに社会主義運動に染《そ》まるのをおそれたことも父の反対する理由だったのである。学生は学生らしく勉強していればよいという気が父にはあったのだ。しかしすでに、「若《も》し渡良瀬川沿岸の地域を外国人に占領されたとしたら、諸君はそれを黙つて見てゐるか、今、それと同じ事が古河によつてなされてゐるのに諸君は何故黙つてゐるのか」(「祖父」)という内村鑑三の演説を聞いて、古河市兵衛を「悪人」と考えていた直哉にとっては、父の説得は耳に入らぬところであった。そして烈しい口論が父子の間に起こり、それまでのもやもやした二人の関係が一度に爆発してしまったのである。

結局、この問題は、祖母と義母とがいっしょになって、いろいろな物を入れた大きな見舞包みを幾つか作ってくれ、それらを被害地に送る事にして、現地を見に行く事はやめてしまったのである。

この鉱毒事件を通して直哉と父との対立がはっきりと表面化した。がしかし、一方、不正を憎み正義観に燃えていた青年直哉の極端な行動の中に、いかにも若者の美しさが感じとれるのであった。それと同時に、着実に現実的問題を自分なりに理解し把握しようとする姿勢があらわれ出した。そして弱少な自我を現実との対決――それはとりわけ父との対立を意味していたが――によって、雄々しく成長させて行く直哉の姿がうかがえるのであった。この時、直哉十九歳であった。

落第と武者小路実篤

直哉と父直温との間は、鉱毒事件を境に目に見えて悪化して行ったが、この事件の翌年、明治三十五(一九〇二)年に直哉は、再び落第をしてしまった。父は、この事に表面だった小言をいわなかったが、非常な不服を彼に対していだいていたのであった。

当時の成績表は、学科と品行との平均点で出されていた。かれは、学科の成績は良いのであったが、教場で

直哉のもっとも親しい友人で，よい影響を与えた武者小路実篤

じっとして行儀よくしていられなかったために品行の点が常に悪く、このために落第をしてしまったのである。結局、中等科を卒業できずに原級の六年にとどまる事となり、三年の時とあわせて二度落第した事となったのである。しかしこの落第が父に悪い印象を与えたものの彼自身にとっては、後年、非常に意義あるものとなった。この二度目に落ちたクラスに武者小路実篤、木下利玄《りげん》、正親町公和《おおぎまちきみかず》らがおり、この人々との出会いが後の『白樺』を生むきっかけとなったのであるから。

創作をやるやうになつたのは二度落第したお陰といつては云ひ過ぎかも知れないが、さういふ仲間の出来たのは二度落第したためである。（「S君との雑談」）

と自ら述べている事でも明らかなように、この落第は、彼にとって「決して損はしてゐない」し、むしろ『白樺』誕生のためには、「最初の必要条件」だったとも言えるのである。

翌年の明治三十六（一九〇三）年にこの「仲間」とともに学習院の高等科に進むが、この後、彼らとの交友は徐々に深められ、特に武者小路との親交は直哉に大きな「影響」を与える事となったのである。

後年、直哉は武者小路について次のように述べている。

私は自分の過去で、心衰へ、生活に空虚《くうきょ》を感ずるやうな場合、よく武者小路の詩や感想を読んで、慰められ、勇気づけられた。勿論それは書かれた内容からも来るが、何かそれ以上、武者にさういふ不思議な能力があつて、それから来るやうに感ぜられる事がよくあつた。それは武者の持つて生れた向日性といふやうなものが作用するのではないかと思つた事がある。

これは武者独特のもので、思想とか芸術とかいふものを超えた何かのやうな気がする。（略）時に、やりきれない気持の時に武者のものを読んで助かつた経験が度々ある。（略）私は今日《こんにち》まで武者から色々よき影響を受けてゐる。（略）私は私の人生で、武者といふ人間に出会はなかつた場合を想像することは出来ない。（『武者小路実篤全集』―推薦(二)）

志賀直哉にとって武者小路実篤の存在がいかに大きかったかは、この一文がよく説明している。この武者小路を初め、木下、正親町などとの親交によって直哉の心にも徐々に生涯の仕事として作家を志す事が決心されてくるのだった。

処女作前後　直哉が文学を志した動機は、彼自ら次のように述べている。

好きだつたといふ他はない。十三、四から非常な乱読をした。然し自分が小説家になれると思はなかつた為か、それにならうとも思はず、初めは海軍軍人、次は大実業家を志したが、文学を仕事にする気になつたのは内村鑑三《うちむらかんぞう》先生の所へ出入するやうになつてからのやうに思ふ。つまり軍人は勿論だが、実業家即ち大金持もつまらないものになつた為かも知れぬ。（『私はかう思ふ』）

だが、一直線に自分の生涯の仕事は創作活動にあると考えて進んできたのではなかった。そこには青年の空想と理想との入りまじった夢と悩みがあったのである。

「結局自分は伝道者になるやうな事になりさうだ」から云ふ聖いやうな淋しいやうな心持になつた事もあつた。――又私は哲学者にならうと思つた事もあつた。そして仕舞に私は純文学へ行く事に決めた。
（「大津順吉」）

自らの一生の仕事を決しかねていた彼には、武者小路をはじめ木下、正親町らとの交友が一つのきっかけとなって、その心に純文学へ進むことを決めさせたのであった。

そして明治三十七（一九〇四）年の五月に処女作「菜の花と小娘」を書くのである。

この作品は、童話風のもので、「アンデルセンのお伽噺を愛読してゐた時で、其影響で書いたものだ。如何にも子供らしい甘いもの」（「続創作余談」）であると、後年彼は語っている。

文学を志し、その実践としての処女小説は書いたもののこのころはまだ、あくまでも心の中での決心だったのである。この最初の作品である「菜の花と小娘」が実際に発表されたのは、これから十六年後の大正九（一九二〇）年、雑誌『金の船』の誌上なのであった。

文学志望の決心を持《じ》して彼は、学習院高等科を卒業すると東京帝国大学文科英文学科に進学した。武者小路、木下も科は違ったが、いっしょであった。明治三十九（一九〇六）年春のことである。

直哉は、大学に進むと幼時からの乱読を改め、ただおもしろずくでなく技巧などに多少気をくばりながらもなおいろいろな作品をむさぼり読んだのであった。国木田独歩の作品に「清新なものを感じ」て好んで読み、二葉亭四迷の『其面影』(明治四十年八月、春陽堂刊)に感心し、夏目漱石の作品を愛読したのだった。

彼は、夏目漱石が「一番好きな作家」であり、漱石に「人間的に敬意を持つてゐた」のである。漱石の作品について彼は次のように述べている。

人間の行為心情に対する漱石の趣味、或ひは好悪と云つてもいいかも知れないが、それに同感した。漱石の初期のものにはユーモアとさういふものとが気持よく溶け合つてゐる。ユーモアだけでなく、さういふ一種の道念といふやうなものが一緒になつてゐる点で、少しも下品にならず、何か鋭いものを持つてゐた。(「愛読書回顧」)

そして、自分とは文章はちがうし、小説も合わぬものがあると考えながらもなお、「作者としての道念といふやうなものの影響は一番夏目さんから受けた」(『私はかう思ふ』)と述べているのである。乱読をやめ、これからの自分の仕事——創作という仕事を意識しながら読みはじめたころに、彼の眼にそして心に強い印象を残したのは夏目漱石の作品だったのだ。

このころ文壇では、島崎藤村の『破戒』(明治三十九年三月)が出て、自然主義文学運動がようやく高まりつつあった。直哉は自然主義作家たちの作品も読んだが、好きにはなれなかった。

また、近世文学もこのころ読み、外国のものでは、イプセン、トルストイ、ツルゲーネフ、ゴーリキー、チェホフ、モーパッサンなどを読んでいたのだった。

雑誌の出るのを待ち兼ね、むさぼり読んだ。年末に、正月の特別号の出るのを待つ気持は実に楽しかった。(「愛読書回顧」)

と当時の思い出を語っているように、そのころの彼は、本を読むことにあけくれしていた。そしてまた、家の広い庭の中を歩き回りながら、青年らしい野心に興奮したり、あるいは逆に自信を失い思い煩《わずら》い苦しんだりしていたのである。

再び対立

直哉が大学に入学する年の正月に祖父直道が亡《な》くなった。前年の夏ごろに医者から食道癌《がん》と宣告されていたのである。直哉は、その死を目前に控え、やせ衰えた祖父の姿を見て非常な悲しみにおそわれた。衰弱しきった祖父の手が祖母の手を求めて互いに握り合っているのを見て、――かつて一度も見た事がなかったこのような光景に接して彼の悲しみは増すばかりだった。その寵愛《ちょうあい》をうけて育った直哉にとってみれば、いかに高齢と不治の病のためとはいえ、やはり祖父の死は悲しいできごとであった。そしてこの祖父の死は、次の悲しいできごとをも引き出す事となったのである。

前述したように、父と直哉との間にはすでに鉱毒事件によってきわだった不和の関係が表面化した事はあった。だがそれ以後、祖父の丈夫な間は、それほど大した事は起こらずに済んできていた。しかし祖父の死後まもなく、またしても二人の間が破裂してしまったのである。

大学に入学の際、制服を作った事でそれが高価なものだったためにぜいたくだとの事で衝突したのだった。この時の衝突はそれほどでもなかったのであるが、この衝突後、しばらくして父といっしょに山形方面へ旅行に出かけた時、父のとった態度に対するいい知れぬ不愉快と不満とを抱いたことがあった。このように毎日の生活の中でのささいな事で感情の行き違いやお互いの我執《がしゅう》のために常に心の中にはよどんだ不和の感情が流れていたのであった。そして、この眼に見えぬ心の対立がまたしても表面化し激しく衝突しあう事となってしまったのである。それは、彼の最初の結婚問題の時であった。

当時、志賀家に女中として働いていた女性の一人を直哉は好きになり、結婚する事を決意した。この事を祖母に話すと志賀家にない事だと反対され、父は、洋行後相当な人を捜すつもりだからいけないと強硬に反対した。だが、結婚という大きな問題をたとえ父であっても第三者的な人によって左右される事を彼はきらった。その上、反対する父の言葉のふしぶしには直哉を不愉快に思わせる響きがあった。そこで彼は強硬に自分の意志を貫き通そうとした。このため、祖母はからだをこわし、父はあくまでも絶対反対をまげなかった。結局、父は直哉をだますような形で、その女中を実家へ帰してしまったのである。この事は、かえって直哉の心を傷つけ、怒りを増させるばかりであった。ここに二人の憤怒《ふんぬ》はその頂点に達してしまったのである。

彼は怒りながらも、しかたなくその女性の実家へ二度ほど足をはこび、その人と会っていろいろと話をした。だが時がたつにつれ、離れているにつれて、直哉の心も徐々にさめて行った。ついには結婚の意志をひるがえすまでになった。

この結婚問題は、結果からして直哉の心のふたしかさを責める事はできるかも知れない。だが、彼にとっては、この事件を通して父のとった態度が、あまりにも「露骨《ろこつ》なる悪意に満ちたものだった」ことが不愉快な腹立たしい事だったのである。ますます深まり行く父と子の不和は、なんらの解決の糸口をも見いだすことができなかった。かえって新たに現われるいろいろの問題に対して、まったく違った見方をするために、この二人の対立は深まって行くばかりであった。

苦闘の日々

父直温が直哉に対していだいた不満にはもう一つ大きな原因があった。このころの直哉の生活が、父から見れば非常に無意味なふしだらな生活であると見えたからである。友人と毎日繁《しげ》く行き来し、夜おそくまで何かわけのわからぬ事を論争しあっている生活は、いかにも無意味に見えたのであろう。

直哉は大学三年の明治四十一(一九〇八)年に英文学科から国文学科に転科したが、まもなく中途退学をしてしまったのである。

このころの彼の生活は次の一節が象徴的に言い表わしている。

午頃《ひる》起きる、不愉快な元気のない顔をしてゐる。そして二時か三時になると自家《うち》を出る、友達の家《うち》に行く、誘ひ出して街に出る、何所かで飯を食ふ、そして遊び歩く、夜十二時頃帰つて来る、そして帰ると直ぐ机に向ふ、何か書く、朝の五時頃まで仕事をする、戸外《そと》が明るくなり、小さい妹たちが学校へ出かける騒ぎを聞きながら眠る。ぐつすり疲れて眠る。それから午近く、或ひは午過ぎて眼を覚す、そして前日のやうな一日を又繰返すのだ。(「青臭帖」)

このような日々の生活を身近に見ていた父には、ふしだらな希望のない生活に思えたのも無理はなかった。だが、表面上の生活は乱れていたもののこのときの彼には、後の作家志賀直哉を生み出す努力と苦悩のたたかいが続けられていたのである。

真夜中になると無闇《むやみ》に興奮し、時には自分が非常に偉い人間のように思われたり、また逆に自分は何もなす事ができないのではないかという恐れにとらわれたりする毎日だったのだ。

仕事に対するその烈しい野心と、実際持ち得る自信とには何処《どこ》か不均衡な所のあるのは自分でも感じてゐたのである。(「大津順吉」)

理想と現実、仕事への野心とその自信との間にある不均衡な心のあり方に悩み苦しむ毎日だった。その上、家族の者たちには、「怒りっぽく、偏屈《へんくつ》で、高慢で、独立の精神がなく、怠惰者」に見られ、自分の言うことは、いつまでたっても価値のない空想であり、実人生ではなんの役にも立たぬことだと思われていたのであった。だが、このため、かえって仕事への野心は燃えた。と同時にこの野心の裏にいつもついてまわる自信の無さに悩まねばならなかったのである。

徹底しようしようとしながら、弱さに支配されて其所に破綻《はたん》を見せる。遂に自分は何事をも遂げ得ない人間かも知れない。(「或る男、其姉の死」)

このような自信のない自分の姿を見いだしたりする日々だったのだ。

父との対立、小説家としての精進、そして何よりも一個の青年の自我が理想と現実との間で苦しいたたかいをくりひろげていたのだった。

この苦闘の日々にあって彼は、「或る朝」(明治四十一年一月擱筆)「網走まで」(明治四十一年八月擱筆)などの作品を書き上げていたのだった。

後年、彼はこのころのことを回想して次のように語っている。

　然し自分の今までの生涯で、此時代程に仕事に熱中し、又実際に努力した時代はなかつたのだ。それは不断の努力をしてゐた時代だ。(「青臭帖」)

青年の雄々しい野心も、時として襲って来た自信の無さのために無惨にも一炊《すい》の夢と化して行く日々であった。しかしこのような日々の苦悩の中で、作家への着実な足跡を残していた青年志賀直哉の姿があったのである。

『白樺』創刊

ともに大学へ進学した武者小路、木下、正親町などとの親交は日増しに深まって行ったが、それは文学という共通の基盤があったからなのである。武者小路はドイツ語を選び、トルストイのものを翻訳し、直哉は英語でゴーリキーのものなどを翻訳して見せあったりしていた。このころから同人雑誌を発刊する事を考えながら作品の読み合わせ会を開いていた。そしてこの会の回覧雑誌として『望《ぼう》

明治45年『白樺』同人（前列右より）有島生馬，三浦直介，園池公致，柳宗悦，里見弴，志賀直哉，田中雨村（後列右より）日下諗，長与善郎，正親町公和，木下利玄，高村光太郎，小泉鉄，武者小路実篤

野《や》』を作り四人の仲間うちだけで創作し、批評し合っていた。後にこの雑誌『望野』は『白樺』と改められたが、この雑誌をよりどころとして彼ら四人の「文学上の自己形成の礎石がすえられていった」わけである。

このころ、彼らより学習院で二年下のクラスに里《さと》見《み》弴《とん》、園池《そのいけ》公致《きんゆき》、児島喜久雄などがおり、彼らもこの『望野』をまねて「麦」という回覧雑誌を作っていた。そしてもう一年下のクラスには柳宗悦《やなぎむねよし》、その一年下に郡虎彦《こおりとらひこ》がおり、彼らもまた『桃園』という雑誌を始めたのだった。これら三つの文学グループはそれぞれに交友を重ねていた。そして、それでは共同の同人雑誌を刊行しようではないかという話がもちあがった。そこで準備にとりかかり、各自毎月二円ずつ貯金をしたりして、一年間あまりの準備期間を持った。そして、明治四十三（一九一〇）年四月に『白樺』が創刊されたのである。

発刊に際して雑誌の名をつけるのに一苦労したらしく、初めは「若木」とか「人」とか「草」とかが候補にあがったようだが、結局、皆が「白樺という木が好き」であったために『白樺』という名が決定したのだった。

創刊当時の同人には前述の人々のほかに、有島武郎《たけお》とその弟の有島生馬《いくま》も参加していた。

総勢十五人で出発した雑誌『白樺』の活動は、文学史上、反自然主義文学運動の一つとして位置されている。

当時、自然主義文学運動は、島崎藤村の『破戒』、田山花袋《かたい》の『蒲団《ふとん》』（明治四十年九月『新小説』）を得て、徳田秋声、正宗白鳥《まさむねはくちょう》、岩野泡鳴《ほうめい》、島村抱月《ほうげつ》などが活躍しており、隆盛をきわめていた。彼らは、真実に迫るには理想を描くのではなく、実人生のさまざまな暗い面を、解決を与えずにそのまま露骨に描き出さねばならないとして創作活動を進めていた。この自然主義文学の最盛期に『白樺』は創刊されたのだった。

個性を成長させ発揮させる事に全力をあげ「個性を生かすことによつてのみ自分に存在の価値がある」（武者小路実篤）と考え、高い理想を掲げた白樺派の人々の活動が始まったのである。自然主義文学運動とは対立的位置に立ったのである。

しかしこの対立的立場に立った二つの文学運動には、その思想と実践のほかにもう一つの根本的な相違があった。それは白樺派の人々が当時の学習院で学んだということである。すなわち学習院はそのころ皇族・華族を中心に特権階級の子弟が行く学校であつたのだ。「銀のさじしかもった事がない」という富裕な生活環境の中で白樺派の人たちは、幼時から育って来たのである。「金のため、食ふために文学をやる必要はなかつた」（武者小路実篤『白樺の運動』）のである。

毎日苦しい生活を続けながら創作活動を続けていた多くの自然主義作家たちとは異なった生活環境の中に白樺派の人たちはいたのである。このため、日常生活の経済的なことで苦しまされずに、「文学への盛んな情熱」によってのみ創作活動を行なうことができたのである。

創刊号には武者小路実篤が書いたと思われる次のような感想が述べられている。

白樺は自分達の小なる力でつくつた小なる畑である。

自分達はこゝに互の許せる範囲で自分勝手なものを植ゑたいと思つてゐる。（中略）

しかし、自分達の腹の底をうちあけると可なりの自惚《うぬぼれ》がある。「十年後を見よ」と云ふ気がある。しかしそれは内証である。

自分の書きたいと思うものを力いっぱい書き、熱意をもって元気にこの雑誌を育てて行こうとする同人たちの姿が右の一文でうかがえる。そしてこの雑誌『白樺』は、大正十二（一九二三）年九月一日の関東大震災によって発刊不可能になるまで続くのである。それは、ひとえに同人たちが、「お互の混気《まじりけ》のない友情と芸術に対する熱情」をもって活動を続けたがためだった。

志賀直哉は、創刊号に「網走《あばしり》まで」を載せた。これは彼の発表した最初の作品であった。

入　営

『白樺』を創刊するとまもなく彼は、東京帝国大学を正式に退学した。このため、六月に徴兵検査を受けなければならなかった。当時は二十歳に達した人はかならず徴兵検査を受けなければならず、学生の間はそれが猶予《ゆうよ》されていた。

『白樺』第四号の校正を行ないながら、この徴兵検査には何も感ずることがなく無頓着《むとんじゃく》でいられた彼だった。だがそれは雑誌のことなどで、繁く友人間を行き来していたからであろう。友人と別れ夜ひとりでいるとこの検査に対する不安が彼の心を襲い始めた。

「死刑の宣告を間接に受ける」ような不安を感じたのである。だが結果は甲種合格であった。

この年明治四十三年十二月一日、千葉県市川鴻台《こうのだい》砲兵第十六連隊に入営した。

この間、彼は「剃刀《かみそり》」（六月号）、「孤児」（七月号）、「彼と六つ上の女」（九月号）、「速夫の妹」（十月号）などの作品を『白樺』に発表していた。

順調な進展を続けている『白樺』の活動から少しでも離れることは、当時の彼としては考えられないことであったろう。だが入営せねばならなかったのである。

さていよいよ彼の軍隊生活が始まったのであるが、入隊してわずか九日間で耳鼻疾患《じびしっかん》のために除役になり帰京して来るのである。

鴻台《こうのだい》砲兵連隊に入隊当時の直哉（明治43年）

数日の軍隊生活ではあったが、彼はこの生活で「イヤな不愉快な感情」を幾度となく味わった。それらは日記に断片的につづられている。

午後、山内と房吉が帰るのを、軍服に着かへて見送る時は少いイヤな気がした。(「日記」十二月一日)

朝少しカケスギで倒れさうになる。其朝は全く悲しくなつた。一年とうくゐる事となつたと思ふと、タマラナクイヤになる。(「日記」十二月三日)

彼がいだいていた軍隊への反感は、この時経験した不愉快な感情の中にもはっきりと表われている。彼は徹底的な軍隊ぎらいであった。

僕のは元来は思想から入つたものでした。それが、仕舞ひには感情の底まで浸通つたアンティミリタリズムになつて了つたのです。——それは我儘な、そして、より気分的なアンティミリタリズムなのです。然しそれが反つて本統とは信じてゐますが。(「或る男、其姉の死」)

彼が徴兵検査に対してもった不安は、ここにきてはっきりした形をとるのである。それは死への恐怖という思想でとやかく言うことよりも、もっと人間の魂の叫びにも似たものとして反軍主義を感じていたからでもあった。

兵営生活が皆から好意を持たれ、風邪をひいていたために病人扱いされて大変に楽な生活であったにもかかわらず、「何んでも彼でも閉口なのである」と彼は述べている。

入営してから三日目の日に除役を告げられた。この時の彼の喜び方は、「或る男、其姉の死」の兄が代弁してくれている。

脊の高い中隊長が不意に入つて来て「君は常後備役免除《じようこうびえき》になつたから……」と云ひ渡してくれました。僕は頭を下げてから、黙つて居ました。中隊長は案外喜びもせず、不愛想な男だと思つたのかも知れません。そして出て行きました。

その直ぐあと、僕は一体如何《どう》いふ様子をしたと、姉さんは思ひますか? 僕は営室内の白壁へ行つて身体と頬とを無闇に擦《す》りつけて歩いたのです。ニコ〳〵する所ではありません。万歳と叫ぶ所ではありません。僕は只、真面目腐つた顔つきをして、壁へもつていつて、頬も身も擦りつけて居ました。

この時の彼の表情は、あまりの喜びのためにどうすることもできなかつた姿であつたのだ。

そして十二月九日に退営し帰宅した。

八時半頃退営、とう〳〵帰つて来た。とう〳〵帰つて来た。

異国の長い〳〵旅から帰つた日のやうな喜びと疲労を感じた。祖母と繰返へし〳〵同じ事を語つた。

(「日記」十二月九日)

尾道行

彼は退営して帰ってきた。祖母は、彼の喜びを自《みずか》らの喜びとしてともに味わってくれた。だが父は、彼の喜びを理解せず、かえってもうしばらく兵営生活を送ったほうがよかったのではないかと考えていた。彼はこの父の心中を察すると、再び父へ限りない憤りを感じるのであった。

父にしてみれば当時の彼の生活には不満があり、軍隊生活を送れば少しはあらたまるのではないかという気がしていたのである。

このころの直哉の生活は雑誌『白樺』の創刊とともに、よりいっそうの創作意欲に燃えていた時であり、同時にこの雑誌を中心として集まった人々と毎日のように行き来しあっていた。

そのころの日記から交友関係だけをひろって一例をあげてみると次のようになる。

明治四十三年十二月二十三日　武者の所へ行く、青木、柳も来て一緒に伊吾(注 里見弴)を訪ね、六号記事を作り伊吾を除き、南氏訪問、不在。木下の所へ行く、児島、菅田来る、夜、児島の所へ行く、愉快に話す。

二十四日　夜九里来る。

二十六日　武者の所から伊(注 伊吾)と園(注 園池)とで雨村(注 田中)の留守宅に行く、玉突をして、三人で自宅へ帰る、夜柳も来る。

二十七日　柳の所へ行き、午後、武者来る、夕方より生田来て、夜まで話す、夜柳来て白樺の正月号を持つて来てくれた。

二十八日　午後山脇と九里来る、夜までゐる。

二十九日　夜武者来て、十二時頃まで話す。

このころの日記のどの日にも、以上のような白樺関係の友人との行き来の記録が書かれてある。このような生活は、翌年も翌々年も続いて行った。そして直哉はすでに三十歳になっていた。

父直温は、彼が何かわけのわからぬことを友人と言い合いながら夜遅くまで遊んでいて、しようがない事だと思った。無意味な生活を送っていると思った。ある日父は彼に、小説みたいなものばかり書き、こんな毎日の生活を送っていてこれから先いったいどうするつもりなのか、何になるつもりなのかとたずねた。直哉は、小説家になるつもりだと答え、そのとき、父が滝沢馬琴《たきざわばきん》の『南総里見八犬伝』を愛読していたので、「馬琴だって小説家だ、しかし極くつまらない小説家だ、僕はもっと本当の小説家になるんだ」と述べたのである。父は直哉のこの答えを聞いて「空《くう》な事を」と言って苦笑していた。この時の父の顔を見た直哉は、またしても父が自分の心持ちを理解してくれなかったという淋しい苦々《にがにが》しい思いをいだくのであった。どこまでもとけ合うことのない二人の関係だった。そして再び三たび父と彼の衝突が起るのであった。

「大津順吉」を『中央公論』(明治四十五年九月号)に発表して、その原稿料百円を彼は受け取った。彼が初めてかせいだ稿料であった。祖母はこの金を神棚にあげ、大騒ぎをして喜んでくれたのだった。しかし父は、このことに大した感動も見せずに聞き流してしまった。直哉としては、初めて自分の力で金を得た喜びを父にも知ってもらいたいと思ったのだが……。結果は父も直哉も不愉快な思いをしただけであった。ちょっとした感情の行き違いから起こったこのような不愉快なことがあってから二カ月ほどたって、また父と衝突してしまうのである。

今度の衝突は、それまで『白樺』に発表して来た作品をまとめた短編集を作りたいと考え、その出費を父にたのんだことから起こったのである。日記には次のように書かれてある。

朝前日約束して置いた金を父に貰ひに行つた。父は其時自分について絶望的な事を切りにいふ。自分も腹を立てた。自分は自活する事をひきうけた。部屋へ来ても理由のない涙が流れた。（「日記」大正元年十月二十四日）

この衝突で父に公言したように彼は、翌日の二十五日の夜、家を出て行ってしまった。

家族のとめるのを振りきって家を出て来た彼は、しばらくの間京橋（東京）にある旅館で暮らしていた。この旅館に家人の者が訪《たず》ねて来る事があって、その話では、父もやはりわが子が家を出てしまったのを非常に悲しんでいる事を聞くにつれ、彼は何故か涙が流れるのであった。だが、けっして彼は家に帰らなかった。彼には、父との不和が家出の原因ではあったが、家から離れ一人になることで、もっと仕事をしなくてはならないという創作意欲が燃えていたことも家出の背景にはあった。そして長い旅がしたい、また自分には今やらなくてはならない仕事があるのだと考えていた彼は、京橋の旅館から出て尾道へ行き、そこに住むこととなった。大正元（一九一二）年十一月中旬のことである。

尾道、城崎

彼が尾道へ来たのには別に深い理由はなかった。京橋の旅館よりももっと落ち着いた所を捜していた彼に、旅館の主人や友人が汽車から見えた尾道の景色をしきりにほめすすめたがためだった。

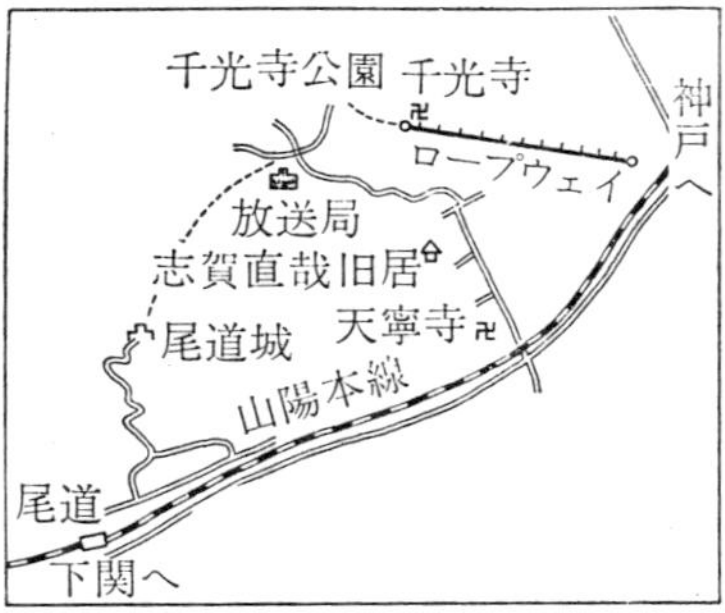

尾道市略図

尾道という町は、前に大小の島々を浮かべて美しい景観をしめす瀬戸内海をひかえ、後には千光寺という寺のある山があった。彼はこの町に家を借りて住むこととなった。

僕の借りた家《うち》は棟割長屋の一つで六畳と三畳きりの古材木で建てた大変なヤクザ普請だつた。(「稲村雑談」)

東京を遠く離れ、この粗末な家での淋しい一人暮しが始まったのである。家は高い所にあり、冬の晴れた日などは遠く薄雪《うすゆき》を頂いた四国の山山が眺められたりした。また下の方に汽車が通るのがよく見えたりした。

東京行の急行などを見てゐると、あれに乗つてゐれば明日《あした》の朝は東京に着いてゐるのだと思ふと堪らなかつた。(「稲村雑談」)

このころの彼は、一つの危機に襲われていたのであろう。ひとり暮らしの淋しさ、仕事がはかどらぬことなどで多少ノイローゼ気味になっていたのである。家の前の畑になっていた麦が、日毎にどんどん伸びるのに比《くら》べて自分の仕事は少しもはかどっていない。自然に伸びる麦が羨ましく思われるほどに仕事へのあせりがあった。そして、またある時は汽車に轢《ひ》かれそうな鳩を見て危《あぶな》いぞと思いながら、「俺《おれ》は自殺などしないぞ」と、無闇《むやみ》に力んでみせたりすることもあった。だが、あまりに淋しくなると、ついに耐えられなくなって東京へ出て来たり、四国の道後、琴平、高松、屋島などに旅行をするのだった。

彼は、何回目かに上京した時、思いもかけぬ出来事にあってしまった。大正元年の暮れに上京した時は、彼は第一短編集となった『留女《るめ》』(大正二年一月)を出版する準備で忙しかった。この短編集は、彼が今までに発表した作品をまとめる意味で出されたのだったが、これを出版してからはしばらくの間まとまった作品を書いていなかった。だが五月に入って「興津《おきつ》」を書き、八月に「出来事」を書き上げた。この「出来事」という作品は、子どもが電車に轢《ひ》かれかけて助かったという話を書いたものである。この作品を書き上げた晩に、彼は自ら電車に轢かれるという「出来事」に会った。

現在の尾道風景

　此小説を書き上げ、其晩里見弴《さとみとん》と芝浦《しばうら》へ涼みに行き、素人相撲を見て帰途《かえり》、鉄道線路の側《そば》を歩いてゐて、どうした事か私は省線電車に後《うしろ》からはね飛ばされ、甚《ひど》い怪我をした。(「創作余談」)

自分で書いた事と同じような事を今度は自分で経験した彼は、この偶然をおもしろくまた無気味にも感じた。このようなことは前にも一度あった。

それはこのできごとから三年ほど前の事で、夜遅く、彼は、

「剃刀《かみそり》」という作品の創作に熱中していた。そして、この『剃刀』の主人公芳三郎《よしざぶろう》が客の若者の咽喉《のど》を剃刀で切る所を想像しつつ書いていたのである。ちょうどこの殺す光景を想像していたころ、垣根一つへだてた隣家の子どもが剃刀で自殺をしたのである。これを知った時、彼はその不思議な偶然に驚かされた。だが今度は驚いてばかりはいられなかった。自分自身大怪我をしてしまったのだから。

幸いに九死に一生を得た彼は、この怪我のために、しばらくの間は療養せねばならぬ身となったのである。このため彼は、兵庫県の城崎《きのさき》温泉へ療養に行った。

豊かに湯のあふれる城崎の温泉にひたって、彼の傷も少しずついやされて行った。

この温泉で傷の後《あと》養生を終えた彼は、再び尾道へ帰って行った。だが一週間もたたずに中耳炎にかかり、ついにまとまりのある仕事ができないままにこの尾道を引き揚げ帰京することとなった。大正二（一九一三）年十一月中旬のことである。

しかし、この尾道生活は彼にとって重要な時期なのであった。孤独と仕事へのあせりの中で彼は、『暗夜

城崎温泉

行路』の前身である「時任謙作《ときとうけんさく》」に筆を染めていたのだった。

結　婚

尾道から帰京した彼は、しばらく東京の大森に住んでいた。だが再び「人と人と人との交渉で疲れ切つた都会の生活」から逃げ出したくなった。

このころ大阪にいた里見弴は、乱雑な生活を送っていた。そこでもっと健全な生活を送ろうではないかと彼と里見弴は、山陰の何処《どこ》かにその地を求めて旅に出た。鳥取を見て何か暗い感じを受け、それから松江に行った。松江は明かるくすばらしい感じを受け大変気に入ってしまった。そこで彼と里見弴はこの松江の市内に別々に家を借りて暮らす事となった。

彼の家は松江城の裏の濠端《ほりばた》にある小さな一軒家だった。

松江での生活は、宍道湖《しんじこ》でボートを漕いだり蜆捕《しじみと》りをしたりの毎日であった。それに、「虫と鳥と魚《さかな》と水と草と空と、それから最後に人間との交渉ある暮しだつた。」(「濠端の住ひ」) この間、夏には伯耆大山《ほうきだいせん》にも登ったりした。楽しく健全な毎日の生活だったのである。だが一方、創作の方は意の如くにはならなかった。

前の年の暮れ彼は、夏目漱石にすすめられて『東京朝日新聞』の連載小説を書く事を承諾《しょうだく》していた。彼はこの新聞小説として尾道生活の時に筆を染めていた「時任謙作」をこの松江で書き上げるつもりでいた。しかしその筆はなかなか進まなかった。新聞小説であってみれば、一回ごとに起伏のあるものでなければならず、これまで自由に書いて来ていた彼には非常に苦労であった。結局、彼はこの小説を書き上げられずに東

結婚2ヵ月目の直哉と妻康《さだ》（大正4年）

京牛込の夏目漱石の家を訪《たず》ね、新聞小説のことを辞退したのであった。彼は、「敬意を払つていた」漱石に迷惑をかけたのではないかと心配し悩んだ。そしてこのことは長い間心の重荷となって彼を責めたのだった。

しかしこのころの彼にはどうしても書けなかったのである。それは、一つには、やはり父との不和が彼の心を悩ましていたからであった。

この「時任謙作」という作品は、父との不和を題材としていたため、なかなか「私情を超越する」ことが困難で書けなかったのである。つまり「自分の仕事の上で父に私怨を晴すやうな事はしたくない」と考えていたためなのである。

このように創作ははかどらなかったが、松江での生活は大変に心安まるものであった。

三ヵ月ほどして彼は、この松江から京都南禅寺の宿坊に移り住んだ。大正三（一九一四）年九月のことである。そしてこれから三ヵ月ほど後の十二月に勘解由《かで》小路《のこうじ》資承《すけこと》の娘康《さだ》と結婚した。康は武者小路実篤の従妹《いとこ》で、この時二十六歳であった。

この結婚は彼の自由な意志によって行なわれた。彼は前の結婚問題の時に自分の意志が踏みにじられ、不愉快な思いをしたことがあった。そのため、今度は家族の人へこの結婚を伝えるということで、家の人は口をはさむことができないようにしたのだった。だが父直温は、またしてもこの結婚に反対したのである。しかし彼がこの反対を押し切ったので、ここに幾度となくくり返されてきた彼と父との衝突がまた起こったのである。この衝突を機に彼は、翌大正四年、結婚届を出す際に自《みずか》らすすんで志賀家からの廃嫡《はいちゃく》を願い出て除籍してしまった。そしてここに新たに一家を創設したのである。

当時の志賀家は、父直温がいくつもの会社の取締役を兼任して、実業界にその地歩を築き、大変な資産家となっていた。彼が志賀家から廃嫡したことは、一面この父の莫大《ばくだい》な財産を相続する権利を放棄したことも意味していた。その時の彼にしてみれば財産ということはあまり問題でなく、もっと切迫した感情がやむにやまれずに廃嫡することを決心させたのだった。

和解から調和へ

赤城山の生活

新家庭を持った直哉夫婦は、しばらくの間京都で暮らし、翌大正四（一九一五）年五月に京都を引き払い、鎌倉に居を移した。

夫婦は何かに追われるように住まいを変《か》えて行った。影のようにつきまとい、夫婦を悩ませていた何かがあったからである。それはやはり直哉と父との不和から来る圧迫感だった。

京都の生活は短かつた。僕と父との関係などは康子には相当な刺戟となつたらしく、神経衰弱になつた。土地を変へる方がよいと思つて、とりあへず鎌倉の直方《なほかた》（四ツ上の叔父）の隣家を借りて住んだが、これは康子の病気には尚よくなかつたので、一週間ほどゐて、今度は赤城山《あかぎさん》へ行つた。（「稲村雑談」）

自分たちの結婚が父との新しい不和の原因となっていたため、夫婦の悩みは深刻だったのである。強迫観念にも似たような毎日の苦しみのあまり、妻は神経衰弱にかかり、彼自身もまたいらだたしい不愉快な気分に支配されていた。この苦しみから逃れるためには美しい自然の中で生活することが一番よいと思われたのである。

赤城山におもむいた直哉夫妻は、大洞というところにあった猪谷旅館にひとまず落ち着いた。当時は乗物がなかったために前橋から馬を雇ってそれに荷物を積んでやって来たのだった。

京都を出て来るころは美しく咲き初めた桜を見て来たのだったが、この赤城山にはまだ雪が残っていた。

旅館は夏になると非常にこむというので、しばらくすると旅館の近くに「小屋」を作ってもらい、そこに移り住んだ。

この赤城山での生活は、気楽な楽しいすばらしい生活であった。

前の年の夏、伯耆《ほうき》大山《だいせん》に登り、下山して来た時、初めて第一次世界大戦が勃発《ぼっぱつ》していたのに気がつき、驚いたのであった。この赤城山中での生活の時は、その戦争の真最中《まっさいちゅう》であった。それでも、「山では殆どさういふ話はせず、けものとか鳥とか虫とかさういつた自然物がいつも話題になつてゐた」（「稲村雑談」）のである。ある時などは、夫婦して赤城山塊の「鈴《すず》山」に野宿しに出かけたり、また時には、夜、湖に舟をうかべ湖畔で焚火《たきび》をして楽しんだりしたこともあった。

美しい自然の景色を見、花や木や動物としたしむ毎日の生活であった。いつのまにやら、おもくるしい悩みは消え去り、妻も元

「焚火」に出てくる赤城山大沼

気をとりもどして行った。そして、このようなすばらしい毎日の生活では、秋になって寒くなりだしたらどこへ行って住んだらよいかというような事は、全く考えられなかった。

そんなある日、友人の柳宗悦《やなぎむねよし》が訪《たず》ねて来た。二人で湖上に舟を出して談笑しているとき、柳は、我孫子《あびこ》（千葉県）にいい売家があるが、買わないかとたずねた。彼は、すぐにその気になって妻にも相談せずに買うことを決めてしまった。

彼の生活は、この年大正四（一九一五）年十月から我孫子に移ることとなるのである。

我孫子生活はじまる

直哉夫婦は九月に赤城山を下りて来た。そして我孫子へ来るまでに途中、上高地《かみこうち》に行き、その年の六月に噴火した焼《やけ》岳に登り、それから京都、奈良を旅して来たのだった。ようやくたどり着いた我孫子で初めて買った自分の家を見た。

家は、弁天山《べんてんやま》という駅から十五分くらいの所の小さな岡の中段にあった。二十五、六坪の茅葺《かやぶき》の家だったのですぐに三部屋建て増しをした。

さてこの我孫子に住んでみると非常に淋しい所なので、すぐ彼は厭《いや》になってしまった。退屈してしまうのだった。

父との不和からくる不愉快な気分――この気分に刺激されてからだを衰弱させた妻――肉体も心も疲労していたこの夫婦が、自然との接触によってようやくとりもどした心の均衡、そしてたどりついた我孫子での静かな生活。だが、そこはあまりにも淋しい場所であった。この淋しさは彼ら夫婦にとっては一つの危険物でさえあった。

我孫子の旧宅

彼は、結婚後、創作の筆を折っていた。それにはいくつかの理由が考えられた。その一つに、この淋しさから逃れることに努力していたことがあげられるのである。淋しさは、「父」という大きな問題の解決のためにはよくなかった。淋しさのために、よりこの「父」の問題を思い出し、苦しまねばならなかったからである。

そして仕事の方はいっこうに進まなかったのである。尾道で手がけた長編「時任謙作」がものにならず、この作品を完成させるために苦悩し、結局ほかの作品を書くことができなかった。この背景には、前述したように父との不和が大きく原因していたのであった。

これに関連してもう一つ彼が創作をしなかったというより、できなかった理由があった。それは夏目漱石との関係であった。

漱石のすすめた新聞小説の執筆を一度は承諾したものの、この長編「時任謙作」が書けなかったために辞退してしまったことはすでに述べた。この時、漱石が彼によこした手紙には次のようなことが書かれてあった。

御書拝見、どうしても書けないとの仰せ残念ですが已《やむ》を得ない事と思ひます、社の方へはさう云つてやりました、あとは極りませんが何うかなるでせう御心配には及びません、他日あなたの得意なものが出来たら其代り外へやらずに此方へ下さい、先は右迄匆々（大正三年七月十三日）

この手紙を見た彼は尊敬している漱石に迷惑を掛けたと思った。このため、これから書く作品はかならず朝日新聞に出そうと考え、他の雑誌に出すことをはばかったのである。そして『寓居《ぐうきょ》』を大正三年十月に書き上げてから以後、大正六年春までのほぼ三年間あまりをほとんど作品らしい作品を書かずに、もっぱら長編の創作に苦慮して送ったのである。

新婚生活を京都、鎌倉、赤城山、我孫子と移り変えて送ってきたこの時期が、彼の最初の沈黙した時期であった。またこの沈黙した時期は彼にとって一つの試練でもあった。彼はこの試練をただ沈黙してじっと耐えたのである。

後年、このころを回想した感想文には次のように書かれてある。

作家とばかりはかぎらないが人間には或る時期にスランプがある、そんな時はぢつとしてゐれば又それを出ぬける時は来る。作家でいへば自然に書けるやうになり、書きたくなる。（中略）

我孫子にゐた頃芥川龍之介君が来てさういふスランプの苦しみを訴へてゐたが、それをいつて勧めたが、「さういふいい御身分ではないから」といつてゐた。（中略）

スランプの時は生活は楽でないにしても、何とか工夫してそれを通りぬけてから仕事をするがいいと思ふ。(「雑談から」)

経済的に恵まれていた彼にとっては、ただこの「スランプの時期」を黙ってじっとしていることが大切なことだった。そしていつかやって来るだろう創作意欲の燃える時まで、あせらずに筆を執ることをやめていたのだった。

我孫子生活をはじめたころは、まだこの黙って時の来るのを待っている時期であった。

長女の死

創作から遠のき、淋しい我孫子の生活にも新しい生命の誕生とともに晴れやかな明るい日々が訪れた。

大正五(一九一六)年六月七日、直哉夫婦の間に初めての子どもが生まれた。子どもの誕生を知らせた友人三浦直介《なおすけ》あてのハガキから、この時の直哉の喜びが想像できる。

昨夜七時女子安産、両方共至極元気だから御安心被下たく候　七百八十メ目方があつた　大きい声をしてよく泣く、慧子といふ字でサトコと読ます事は出来まいか　先日夢で左う見たのでなるべく左うしたいと思つてゐるが、少し無理かとも思つてゐる　御調べ願ひたし(大正五年六月八日)

この一通のハガキから彼がいかに子どもの誕生を喜んでいるかがうかがえる。彼は出生と同時にその子の名前をほこらかに、また楽しげに考えているのである。

だが、慧子《さとこ》と名付けられたこの子は生後五十六日目に死んでしまった。

初児の喜びにひたるのもつかの間、彼は赤子の死という悲しいできごとに直面せねばならなかった。運命に翻弄《ほんろう》されているような自分を感じながら彼は、烈しく泣いたのだった。

悲嘆にくれた彼に父直温の与えた言葉は、死んだ子を我孫子の寺に葬れとの指示であった。東京青山にある志賀家の墓地に埋葬するつもりでいた彼には、いかに不和の関係にあるからといって志賀家の墓に入れることを拒《こば》んだ父をうらめしく、また腹立たしくも感じたのであった。

子どもの死と、これに関する父との奇妙な感情の行き違いに深い悲しみと嘆きをいだいて彼は、なおも苦悩せねばならなかったのである。

創作への意欲は、ここでまたしても失われて行ったのである。

初児の喜びもむなしく消えさり、悲しみにつつまれた直哉夫婦は、深く傷ついた心をいやそうとして旅に出るのであった。

信州、加賀の山中温泉、京都、奈良、法隆寺などを二ヵ月あまりかかってまわって来たのである。

創作への意欲

悲しみの中をさまよい、悲しみから逃れながら続けた二ヵ月あまりの旅行を終え、十月の初めに夫婦は再び我孫子の家へもどり着いた。

このころ、友人の武者小路実篤は医者から胸が悪いから養生せねばいけないといわれた。このことを聞いた直哉は、自分が買った我孫子の地所に家を建て、そこへ移り住むことを武者小路にすすめた。そして十二月に武者小路はこの我孫子にやって来た。

我孫子に来た当座は、あまりの淋しさと退屈のあまりに翌年にはすぐに京都へ移ろうと直哉は考えていた。だが友人をそばに呼んでおきながら自分だけ京都へ移ることはできなくなってしまった。それに武者小路、柳宗悦などの友人がそばにいることになり、この我孫子もにぎやかになったのだ。

武者小路実篤は直哉の無二の親友であった。彼はこの親友と身近に生活することになった。このことは、彼の今までの沈黙を破る一つのキッカケになった。

友人たちに会いいろいろと語り合ううちに、少しずつ子どもの死の悲しみが融けて消えて行った。そしてこの友人たち、特に武者小路からは、仕事の面でいろいろと強い刺激をうけたのだった。再び彼の創作意欲は燃え始めたのである。

大正六(一九一七)年四月に今までとだえていた創作活動を再開して、まず最初に「佐々木の場合」という作品を書き上げた。

此小説は丸四年間全く何《なん》にも出さずにゐて、武者小路に勧《すす》められ、久しぶりでその頃あつた『黒潮《こくてう》』といふ雑誌に出したものである。これが又書き出す機縁となつた。(「創作余談」)

新聞の三面記事を見て思いついたこの作品も実は、武者小路の勧めがあって書き上げられたのだった。また、この作品が発表された背景にはもう一つ大きな理由があった。それは、漱石との約束を破棄したことから来る苦しみから解放されていたということである。漱石に大変迷惑を掛けたと心苦しく思っていた彼は、よいものが書けたら漱石の所に送ろうと考えていた。それが、志《こころざ》した長編が思うにまかせず、かえってスランプに陥ってしまっていた。ところが漱石は、大正五年十二月に亡《な》くなってしまった。このため、漱石に対する心苦しい配慮から解放されたのだった。だがどうしても気が済まなかった彼は、新しく書き上げたこの作品「佐々木の場合」を亡き漱石にわびる気持ちで捧《ささ》げたのである。

この作品を書き上げた彼は、つぎつぎと作品を発表した。いままでの沈黙を一度につき破るかのような勢いであった。そして彼のもっともすぐれた短編の一つとしてあげられている「城《き》の崎《さき》にて」が書かれるのである。

死と直面した自らの経験を通して生と死を静かなたたずまいで観察し考察したこの作品「城の崎にて」は、実際のできごとから三年半ほどのこの大正六年四月になって、みごとな結実を見せたのだった。

この後、「好人物の夫婦」(大正六年八月号『新潮』)、「赤西蠣太《あかにしかきた》」(大正六年九月号『新小説』)と作品を発表して行くのである。

和解　仕事はすっかり軌道にのりだした。今までの重苦しい生活からは徐々にぬけ出て行った。たれこめた暗雲の空に、ようやく一つの明るい晴れやかな青空を見いだした思いのする毎日だった。このような明るい日々の生活の中で、再び彼は子どもを得た。大正六年七月二十三日のことである。この子どもの誕生は、まるで彼の仕事を後《うしろ》から応援するかのような明るいすばらしいニュースであった。このころはすでに長女慧子《さとこ》の死の悲しみも薄らぎ、新たに生命を得たこの子に彼は限りない喜びを感ずるのであった。そして彼がその愛情を一身に得ていた祖母留女《るめ》の名を借りて、この子を留女子《るめこ》と名づけた。

父は陰ながらこの出産を喜び祝してくれていた。

次女留女子を得た時の彼の年齢はすでに三十も半ばに来ており、夫婦間の静かな生活の中で少しずつ調和的な気分になりつつあった。それは、このころ書かれた「好人物の夫婦」という作品が象徴的に暗示しているのである。

　メーテルリンクの『智慧と運命』に感心し、愚かさから来る誤解や意地張りで悲劇を作る事が如何に下らないかといふ事を思ひ、それから救はれる場合として此小説を書いた。（「創作余談」）

「好人物の夫婦」を七月に書き上げたのには以上のような動機があった。人間の愚かさから来る悲劇のいかに馬鹿らしいことかという考えは、このころ彼の頭を常に支配していたのだった。そしてこの考えを自分の実生活の面、特に父との不和の関係に照らしあわせて考えてみた。この父との関係は、やはり愚かさから来る誤解や意地張りのための悲劇なのではないかと。

メーテルリンクの『智慧と運命』は、このようにして創作の上でもまた実生活の面でも彼に強く影響を与えた。彼は今まで父にいだいた憤りや不愉快さは、一面自分の誤解から生じた誤まった感情だったのではないかという気がしてきた。この考え方は今までの父との対立からくる重苦しい不均衡な心を徐々に融かし、調和的な気分を作り出して行った。青年期の一直線な激しい心の動きもようやくやわらいで来ていたのだった。その上、創作の仕事も順調に進み、次女の誕生もあって、このころの彼は明るい平穏な気分につつまれていた。

このような調和的な生活は、父との長い不和の関係を好転させる下地となったのである。そして家族のすべてが願い、その誰よりも父と彼自身が願っていた和解の時が訪れるのである。父としては、わが子と対立するというような歪《ゆが》んだ関係を続けることは、つらく悲しいことであった。けっして彼をいみ嫌っていたのではなかった。ただ一本気な青年だった彼に対して、幼年期から親しみが薄かったために、どのようにして父としての愛情を表現してよいのかわからなかったのだ。その結果、お互いの「我執《がしゅう》」が激しくぶつかりあい、互いに牽制《けんせい》しあっていたために、ささいなことで感情の行き違いが生じ、衝突していたのだった。

だが彼の調和的な気分と父の寛容《かんよう》な心とが生まれ、ここに自然な和解が成立した。我孫子から久しぶりで東京麻布《あざぶ》の父の家を訪《たず》ねた。父の前に進み出た彼は、この時の自然に動く情《こころ》にまかせて今までのことを父に謝罪した。父は、いつの日かこのような時の来るのを待っていたかのように、あつくなる眼頭をおさえながら彼を許したのだった。彼の胸中にはあつい塊《かたまり》のようなものがこみあげて来た。父もまた同じだった。そして二人は、長い長い苦闘の旅を終えてようやく安住の地を得た旅人の喜びにも似たものを感じながら互いに烈しく泣いた。家族の人たちも同じように喜び泣いたのだった。特に義母浩《こう》は、この和解をさせるために長い間父と彼とのあいだにはさまって苦労し陰《かげ》になり陽《ひ》なたになって尽力し、その努力が実った事にうれし涙を流したのだった。

大正六年八月三十日のことであった。

我孫子での創作活動

父との実に長い間の不和が解決し、暗雲のようにたれ込めていた重苦しい心から彼はようやく解放されたのだった。父との対立――内面的葛藤《かっとう》は彼の全青年期を支配した一大精神的課題であった。父に対立し反抗し、そして苦悩した彼は、このことゆえにかえって創作と実生活への力強い意志を示したのだった。父との緊張した対立は、彼の創作活動への大きな「動因」となっていたのだった。だがまた逆にこの対立のためにスランプに落ちたこともあったのだ。三年間の沈黙がそれを何よりもよく物語っていた。

しかし彼を悩ませていた問題がひとつひとつ解決し、最大の問題であった父とも自然な和解ができて、このスランプから完全に脱出したのだった。彼は本腰をすえて創作にとりかかった。そしてそのまず最初に彼は、この長年の対立、葛藤、そして和解へと進んできた父と自分との関係を急ぎ作品「和解」(大正六年十月号『黒潮』)にまとめあげた。

この後、つぎつぎと作品を発表し、彼の創作意欲は高まって行ったのである。

「和解」と同じ題材で「和解」よりは一段前の父との関係を第三者の立場で客観的に眺めて書いたものに

「或る男、其姉の死」という作品がある。この作品は大正九(一九二〇)年一月から三月にかけて『大阪毎日新聞』の夕刊に連載された。この作品は「和解」に比べて、みずみずしい生き生きとした感じが薄い作品となってしまった。それは父と和解が成立すると、その感動と興奮によって一気に書いた作品と、長い時を経《へ》て書いた作品との相違だったのかも知れない。このことは、彼も書いている最中から気がついていたのである。

大阪毎日新聞へ続き物を書いてゐますが仕舞ひに来て行き詰まつて閉口してゐます。続き物でなければ救へる失敗ですが新聞に出つつあるので其所が不都合です。(「近頃の日常生活」大正九年三月)

彼はやはり新聞小説は苦手《にがて》だったのである。この作品が唯一《ゆいいつ》の新聞連載小説となった。だが、相当骨折り苦労してこの作品を完成させたことからも、このころの彼の創作意欲がいかに充実していたかがうかがえるのである。

その他、この我孫子生活――大正四(一九一五)年十月から大正十二(一九二三)年三月までの約七年半の間に多くの作品を完成したのだった。大正六年の「佐々木の場合」「城の崎にて」「好人物の夫婦」「赤西蠣太」「和解」を初め、以後、「十一月三日午後の事」(大正七年)、「流行感冒」「小僧の神様」(大正八年)、「或る男、其姉の死」「雪の日」「焚火《たきび》」「真鶴《まなづる》」(大正九年)、「暗夜行路―前編―」(大正十年)等々の作品を書きあげた。またこの間、『夜の光』(大正七年)、『荒絹』(大正十年)、『壽々《すず》』(大正十一年)などの短編集も出版した。

我孫子生活

大正四年十月から始まった我孫子生活では、すでにいくつかの大きなできごとが起こった。長女の誕生とその死、武者小路実篤の我孫子移住、次女の誕生、父との和解など、彼にとっては苦しい事、悲しい事、そしてまた楽しい事の連続であった。この間には彼の淋しい我孫子生活を励ますかのように、多くの友人が彼の家を訪れて来たりした。また彼自《みずか》ら蜆《しじみ》取りをするから遊びに来ないかと東京の友人をハガキで呼び出したり、今度、晴天の日にテニスをやるから来ないかとか、ともかく三十も半ばを過ぎる年齢であるが、友人たちとの交流は、この我孫子生活でも青年期のころと変わりなく多かった。

彼は、自ら「おしゃべり好きだ」と言っているが、友人と話をするのが大好きで、時のたつのさえ忘れて真夜中まで話すというようなことがよくあった。その上、非常に友人を大切にした。後年、彼の友人で画家の梅原龍三郎は、彼はともかく客を非常に大事にし、自分のどんな犠牲をはらっても人を歓迎してくれたと述べている。

武者小路実篤や柳宗悦と身近に生活を送って親しく交際を続けながら、また東京の白樺同人たちもやって来て、ともに遊び語り合うことがよくあったのである。

だが、武者小路実篤は、このころ一つの大きな夢とその実現のために苦慮していた。それは、「新しき村」建設のことであった。

武者小路実篤には一つの理想があった。それは、「自己の生命の根源としての自然・人類の意志を強調し、各自がそれを生かす調和的な社会」を建設することであった。そして、この調和的社会の理想を実現させねばならぬと考えて、大正七（一九一八）年八月に我孫子を去り九州の日向《ひゅうが》に「新しき村」建設のために赴《おもむ》いたのだった。彼が最初我孫子に来たのは大正五年の暮れで病気療養のためであったが、実はその病気の診断は誤診であった。これを知った彼は元気を取りもどし、自分の理想を実践するために我孫子を去って行ったのである。

直哉は、武者小路のこの「新しき村」の計画を祝福し、「健康に発達」して行くことを心から祈ったのであった。だが、一方では親友の武者が我孫子から去って行くと、彼は急に淋しさを感ずるのだった。このころ彼が武者にあてた手紙に、「我孫子も変に淋しいが、其内元気になる事と思つてゐる」と書いていることからも、彼の友人と別れた淋しい心境がうかがえるのである。

彼は、武者が我孫子を去った翌年の大正八年一月から四月にかけて、六年ぶりで東京の友人の留守宅に移り住み、しばらく生活した。やはり我孫子の淋しさから一時的にでも逃れたかったのかも知れない。

まもなくして四月に再び我孫子にもどって来た直哉夫婦は、六月に初めての男子の誕生を得たのだった。彼は、この長男の誕生を大変に喜び和解のなった父に名前をつけてもらい、この子を直康《なおやす》と名付けた。そしてこの喜びを逐一《ちくいち》九州にいる武者小路に知らせているのである。

だが、またしても悲しみはひそかに近寄って来た。彼を悲嘆の底に陥れる暗い影が迫っていたのである。赤子が生まれて五日目ごろに丹毒に罹《かか》ったのである。そして病勢は一進一退をくり返して、ついに生誕後一ヵ月ほどして赤子は死亡してしまった。彼は落胆した。

赤児に死なれてから一時妙に冷たい気持になつて、大変悪くなつた、赤児の死に帰するのは間違ひとは思つてゐるが、
然し此頃は余程よくなつて来た、調子がとれて来て少しづゝ元気になつた、然しまだ〳〵苦しい眼に会つていゝ自分だと思つてゐる。
これは赤子が死んで二カ月ほどたった九月十三日に武者小路にあてた書簡である。病勢が停滞していた時期に、寝ている赤子の枕元で「直康はこれで直つたら平凡な人間では終らせないぞといふやうな気」、を持っていた彼にとって、この赤子の死は彼の心の底深くまで傷つけたできごとだったのである。

我孫子の雪と東洋美術

我孫子は淋しい所で、それほど変化に富んだ景色があったわけではなかった。彼が自然の風物に対する深い愛情を寄せるには少しばかり平凡な我孫子の自然の姿であった。だが、冬の我孫子には、彼の心をなごませ、そして静かな淡々とした感動を呼び起こさせた美しい雪景色があった。我孫子日誌という副題のついた「雪の日」(大正九年二月『読売新聞』)という作品の中に次のような一節がある。

沼の方は一帯に薄墨ではいたやうになつて、何時も見えて居る対岸が全く見えない。沼べりの枯葭が穂に雪を頂いて、其薄墨の背景からクッキリと浮き出して居る。其葭の間に、雪の積つた細長い沼船が乗捨

ててある。本統に絵のやうだ。東洋の勝れた墨絵が実に此印象を確に掴み、それを強い効果で現して居る事を今更に感嘆した。所謂《いわゆる》印象だけではなく、それから起つて来る吾々の精神の勇躍をまで掴んでゐる点に驚く。そして自分は目前の此景色に対し、彼等の表現外に出て見る事はどうしても出来ない気がした。単調な我孫子の自然の中で、雪の日の景観はめずらしく彼を感動させたのだった。だがこの感動は彼が長年心の中で培《つちか》ってきた東洋美術の美意識と密接な関係があった。

『白樺』を創刊し、『白樺』を舞台に活躍して来た彼は、それまで西洋美術への強い興味と関心を示していたのだった。このことはひとえに彼だけに限ったことではなく『白樺』の同人たちみんなに言えることで、彼らは西洋近代美術へのつきない興味を持っていたのである。絵画を志していた有島生馬の影響などもあってセザンヌやゴッホの絵に夢中になっていた。またフランス印象派のドガ、モネ、シスレー、ピサロ、ギイヨマンなどの画家の絵も見ていたのである。雑誌『白樺』には毎号これらの画家の絵が載せられていた。また、ロダンと書簡を往復させて、こちらからは浮世絵を贈り、ロダンからは彫刻を贈ってもらったこともあった。ともかく雑誌『白樺』が、日本へ西洋の近代美術を輸入し紹介した功績は、美術史上でも高く評価されている。

このように若いころは西洋美術へのつきない興味によってその世界に親近を憶《おぼ》えていたのだった。だが時がたつにつれ、彼は徐々に西洋の動的な芸術から離れ静的な東洋の美術に関心を示すようになっていった。それには彼の青年期の苦悩が大きく影響を与えていたのである。青年期の父との不和による不愉快で、神経質的ないらだちの生活の中で、彼は精神的な安息所を求めていたのであった。それには、西洋の動的で刺激のある美術よりも、東洋の静かな佇《たたず》まいというものが彼の心にはぴったりと来たのであった。

　東洋の古美術に心を惹かれ始めたのは、総《すべ》ての事が自分に苦しく、煩はしく、気は焦りながら心衰へ、何かに安息の場所を求めてゐる時だつた。自然の要求として私は動よりも静を希ひ、以前は余り顧る事のなかつた東洋風の事物に心が向いて来た。（『座右宝』序）

　このころはちょうど父との不和や創作活動への苦悩の時であった。尾道、松江時代のころである。そして尾道や松江と東京との往復の間に必ず奈良、京都の寺々や博物館に寄り東洋美術に親しんだのである。このように東洋美術へ接近して行った自分のことを彼は反省しながらも、当時の彼としてはやむをえないことであったと述べている。

　自身としては現代回避の気持で余り讃《ほ》めた事ではないと思つたが、当時、その是非を云ふ余裕は私になかつた。私はその美術の持つ古さ、その時代まで自身を押しやつて瞬間的にも現在の不安焦燥《しょうそう》を忘れたかったのである。一種の安全弁で、消極的な意味のものではあつたが、これが機縁となり、多少ともかういふものに理解を生じたといふ事は今もありがたいと感じてゐる。（『座右宝』序）

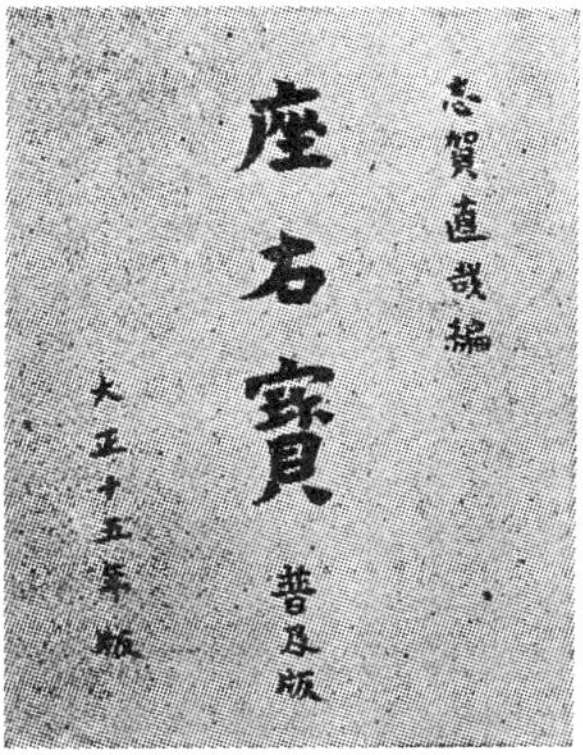

『座右宝』普及版表紙
（大正15＝昭和元年）

このころを境として急激に東洋美術に近づいて行った彼は、後に東洋美術の写真集『座右宝』（大正十五年六月刊）を自費出版することとなるのである。

東洋美術に接近し親しみを憶《おぼ》えた彼は、徐々に心が静かにされて行った。そして自然の景観に向けられる彼の眼もおのずから東洋的観照を経るものとなって行った。作品「雪の日」の叙景の美しさはこのようにして生まれたのである。

祖母の死

我孫子生活は、彼の創作意欲の旺盛《おうせい》な時代であった。すでに述べて来たように数々の中短編を書きあげ、また作品集も三つ出したのである。このころには彼の作家的地位も確立し、彼自身も良い仕事をするために一生懸命であった。友人と夜中まで談笑しあっても「自分は毎日決めている仕事に掛かった」のである。一日に一度はかならず机に向かう生活を送っていたのだ。そして彼は、ついに長年心の中で温めていた長編の執筆にとりかかった。尾道、松江時代に書きあげることに腐心し、苦悩していた長編「時任謙作《ときとうけんさく》」を母胎として「暗夜行路」が書き初められたのである。

この「暗夜行路」は大正十（一九二一）年一月から八月まで七月を除き、雑誌『改造』に発表された。これはただが前編だけである。この作品が完成されるまでにはあと約十六年ほどの歳月がかかった。

「暗夜行路」前編を書きあげたころ、彼は祖母を失った。

幼児からその愛情を一身に受けて育った彼は、八十六歳という高齢ではあったが、やはり祖母の他界は淋しい悲しいできごとであった。

祖父直道が彼の精神に深く影響を与えたと同じように、祖母留女《るめ》は彼の感情形成に多大の影響を与えていたのだった。

青年期の潮の満ち干《ひ》のように激しく揺れ動き変わる彼の感情をあたたかく見守りながら、豊かに育《はぐく》んだのは祖母の愛情だったのである。

総ての友達が自分に敵意を持つて居る――と、かう思ひ込む事が私にはよくある。それが不健全な一時的の気分からだとは知りながら、若し誰かを訪ねでもすれば屹度《きっと》脅迫されるやうに、私は不快《いや》な事を云つたり仕たりして了ふ。堪へられない孤独と腹立たしさを感じて別れて来る。と、必ず祖母を思ふ。

「何と云つても、もう祖母だけだ」と思ふ。（「祖母の為に」）

彼にとって祖母は、淋しく悲しい思いがする時に子どものようにあまえてなぐさめてもらえる心のよりどころであったのだ。しかし祖母がしだいに年をとるにつれて祖母にあまえるのではなく、かえって彼が祖母をその愛情でつつむようになっていた。祖母が風邪で寝込んだり、高齢のためにからだが衰弱して床に伏したりすると、家人のだれよりもまして、彼は心配し苦しんだのであった。

実母を早く失ったため、親子のような深い愛情で結びあっていた祖母が亡《な》くなったのであった。大正十年八月十六日、享年《きょうねん》八十六歳であった。時に直哉三十九歳であった。

静かな創作生活

京都生活

八年間ほどの我孫子生活を送った彼は、念願の京都にその住居を移すことにした。

いろいろおもしろいこと、楽しいこと、また苦しいことがあった我孫子生活は、その生活の背景に土地がらとして、つねに淋しい退屈な時間が横たわっていた。結婚後まもない若夫婦にとっては、このような刺激のない「田舎《いなか》生活」はそれだけでも悲劇が起こりうる危険なものであった。それにもかかわらず直哉夫婦の間には別に大したことも起こらずに日々を送って来たが、やはり我孫子の生活はあまりいい生活とは言えなかった。

大正十二（一九二三）年三月、彼は我孫子を去り京都市粟田口《あわたぐち》に移り住んだのである。

この粟田口は大変便利のよい場所であった。そのうえ、移り住んで間もなかっただけにそれとなくあわただしい落ち着きのない気分が彼の心をつつんでいた。家族の者をつれて市内を散歩したり、友人が多く訪《たず》ねて来たり、彼もまた自ら出歩いて寺や茶室や博物館などに繁く通う毎日であった。このため、根のはった生活がなかなか営《いとな》まれずに仕事の方もそれだけ進まなかった。このころの彼の日記にはそのような動的な生活の中で「机に向かふ、気持張らず仕事出来ず」とか、「夜仕事するつもりで起きてゐたが出来ず」といった悩みが映されている。あわただしい落ち着きのない気分が昂《こう》じて来ると、時には神経質ないらだちさえおこるのであった。このため彼はなんとかしてこの生活を一刻も早く切り上げなくてはと考えた。そして半年あまりの生活を送ったこの粟田口から逃れるようにして、京都市外の山科《やましな》村に移転して行った。十月の秋も深まりつつあるころであった。

山科に移ってようやく落ち着いた静かな生活を得ることができた。しかし彼はこのころに、「山科の記憶」（大正十五年一月号『改造』）、「痴情」（大正十五年四月号『改造』）、「晩秋」（大正十五年九月号『文芸春秋』）などの作品にあつかわれている一つの恋愛を経験したのである。

彼にはこれまでの生涯で稀《まれ》にしか見舞われなかった恋愛感情が、そしてもっとも自然に、全身を動かされた女性であった今の妻康《さだ》と結婚してからは、ほとんどいだかなかった恋愛感情が突然襲って来たのである。

妻以外の女を愛するといふ事は彼には甚だ稀有《けう》な事であつた。そしてこの稀有だといふ事が強い魅力になつて彼を惹きつけた。（「山科の記憶」）

その相手の女性は、祇園《ぎおん》の茶屋の仲居をしているまだ二十歳《はたち》そこそこの女性であった。この恋愛は、「家庭の波乱」を呼び起こすこととなったが、しかし彼自身にとってはこの「家庭の危機」から、かえって創作への意欲が沸いて来たのであった。淡いこの恋愛を通して彼は、「一種の生気」を感じとり、仕事に向かう一つの「足掛り」をつかんだのである。

結局、この恋愛は大きな悲劇を生まずに再び平穏な家庭生活にもどった。そして彼は、この恋愛を境に多くの作品を書きあげたのであった。

震災と『白樺』廃刊

彼がまだ京都の粟田口で生活しているころ、関東地方は大震災にみまわれた。大正十二年九月一日の正午近くであった。彼がこのできごとを知ったのは、この日の午後電柱に貼られた号外からであった。これを見た時は、それほどのこととも思っていなかった彼も、翌朝の号外を見て不安な気持ちに駆られた。

震災後，平福百穂《ひらふくひやくすい》の手になる「廃墟《はいきょ》」（大正12年11月号『中央公論』）

麻布《あざぶ》の父の家、親戚の家、友人の家などが気にかかり落ち着いた気分でいられなくなって来た。そこで彼は急きょ友人と上京することに決したのである。

いろいろの困難と時間をかけてようやくたどり着いた東京は、それまでに人から聞いたとおりの一面の焼野原であった。彼はショックを受けるよりも、なんとなく洞《うつ》ろな気持ちで、ただぼんやりとこの焼土と混乱の巷《ちまた》を眺めていたのである。それでも幸いに麻布の家や親しい友人たちは皆無事でいて、彼の心もひとまずは安心した。だが肉親や知人の無事を喜びながらも一方、被災した人々の話を聞くにつけ、あまりに悲惨なその物語に、彼の心は変に暗く淋しくなって行くのであった。

震災の爪跡《つめ》を自《みずか》らの眼で見、自らの耳で聞き、そして混乱の中を自ら歩いて来た彼は、なぜか気分が沈み、心の調子を失って帰洛《きらく》したのであった。

この関東大震火災は、東京だけでも六万人に近い死者を出し、また三十万戸という多くの家が焼失した。この大惨事は、たくさんの人々の心に暗い影を投げかけたが、と同時に大きな時代の流れがこれを境にして急激に変化をして行ったのである。特に文壇では、それまで反自然主義の立場から、高い理想と強い自己肯定とを掲《かか》げて当時の青少年に深く影響を与えて来ていた『白樺』の運動は、この震災のために前月の八月号までを発刊して以後刊行することが不可能になってしまった。明治四十三年四月以来続けて来た同人雑誌『白樺』も、ここに廃刊のやむなきにいたったのであった。そしてこの廃刊を前後にして、新しい文学運動が台頭して来たのである。

すでに大正の初期から中期にかけて芥川龍之介、菊池寛を中心とする理知的な文学作品が発表され、新進作家として多くの人々の注目を集めていた。それでも依然として自然主義の潮流は、下降線ではあったが、葛《か》西善蔵《さいぜんぞう》や宇野浩二《うのこうじ》などの若手の作家を生み出していた。だがこの震災を前後にしてまったく新しい文学運動が起こって来たのである。それは一つにはプロレタリア文学運動と呼ばれたものであり、またもう一つには新感覚派文学運動と呼ばれたものであった。

『白樺』の人々は、この新たに起こった文学運動からあるいは非難され、あるいは尊敬されたりした。このような時流の変化する中で、志賀直哉は、その文章の簡潔さや写実の適確さなどによって「小説の神様」

と尊崇《そんすう》され、文章を書く手本として多くの作家に影響を与える存在となって行ったのである。

奈良上高畑の旧居の門

奈良生活と東洋美術

京都山科での生活は、粟田口の時よりは落ち着いた静かな生活であった。それでもやはり心のどこかに調和を失わせるものがあった。それは妻以外の女性に恋心をいだいたということからではなく、むしろ家の狭さにあった。

山科の家は、玄関をあわせて四部屋しかない所に家族六人に女中二人の八人暮らしだった。その上、近く子どもが生まれるはずであったため、家の狭さで彼の心のどこかに落ち着かない、いらいらしたものがあったのだ。そこで彼は、ひと思いに京都を去り、奈良の幸町に大きな家を見つけて、そこに移り住んだのであった。大正十四(一九二五)年四月である。

奈良は退屈できっとすぐに厭《いや》になるだろうと人に言われたりしたが、実際に住んでみるとそれほどの退屈な気分にも襲われず、かえって落ち着いた、はりのある生活を送ることができるようになった。それは、歴史の都《みやこ》奈良がもつ静かさであった。また東洋の古美術が持つ美の世界が、彼の心に快《こころよ》い感動と刺激を与えていたからであった。

僕にとつて京都奈良の十五年間の生活は東洋の古美術に親しむ機会が与へられ、絵でも彫刻でも庭園建築でも有名なものは殆ど見たと云つていい位に沢山見た。（「稲村雑談」）

尾道、松江に住んでいたころの彼が、東京との往復の間に機会あるごとに親しんで来た東洋美術を今は、身近なむしろその世界で生活するようになったのである。

彼が最初東洋美術に心を惹《ひ》かれたのは、すでに述べたように、すべてのことが苦しく煩《わずら》わしく、気は焦《あせ》りながら心衰えていたあの尾道時代のころであった。ともかく動《どう》よりも静を希《ねが》い、現在を回避したい気持ちが強く募《つの》っていた彼には、東洋美術の持つ雰《ふん》囲気だけでも心が不思議と静かにされ安息の気持ちが得られたのだった。これが契機となって、以後東洋美術に親しみをおぼえ、興味と感情のおもむくがままに彼は京都、奈良の寺や博物館の美術品を見てまわったのである。そして今度この京都、奈良に住を定めてからは、彼は、「三日にあげず――は少し誇張になるが、平均五日目位には屹度《きっと》博物館に出かけて行つた」（「偶感」）ほどだったのである。

しかし彼の美術鑑賞の態度は、あくまでも自己本位の主観的な態度であった。

美術鑑賞の方法は色々あるだらうが、私の経験から言ふと、総て自分の実感に頼つて、それで素直に理解し、段々に進んで行くのが一番安全な正しい方法だと思ふ。（「美術の鑑賞について」）

美術品と対して、自分の心が如何《いか》に気持ちよく震い動かされるかという点に重きを置いていたのである。

また、一つの美術品の作者がそれを作する時の気持ちが如実に自分の心に映ってくる場合、彼は格別の喜びと興奮とを感じたのであった。以前には現わされた美術品に対して同化して行く喜びを味わっていた彼は、今では創作する作者の心持ちに同化する喜びを感ずるのだった。これは、創造の神に身をゆだねたもののみが知る喜びだったかも知れない。

このような彼の主観的な美術の鑑賞態度は、「自分を大切にしてきた」彼の生活態度でもあったと同時に、芸術に対する彼の究極の立場でもあった。

東洋の美術に親しみ、そこから感動と刺激を受けた彼は、後に、それらの美術品を写真にとり一冊の本にした。これが大正十五年六月に出版した美術図録『座右宝』であった。

強く彼をひきつけた美術品の数々の中からよりすぐって集めたこの図録は、多くの人から好評を得たのである。

沓掛にて

『座右宝』を出版した翌年の昭和二(一九二七)年夏に彼は信州の沓掛《くつかけ》、戸倉周辺を旅行した。この旅行は、「邦子」(昭和二年八月擱筆《かくひつ》)という作品を書きあげるためのものであった。

七月二十五日の朝、信州の篠井《しののい》から沓掛へ来る途中で彼は芥川龍之介の死を知った。芥川龍之介は七月二十四日の未明、東京田端の自宅で睡眠薬を仰いで自殺したのだった。

芥川の自殺は、当時の文壇ばかりでなく、一般の人々にも大きなショックを与えた事件であった。華々《はなばな》しい脚光をあびて登場して以来、つねにその文学活動が注目されていた彼がなぜ自殺したのかと、その死へつき進んで行った、芥川の自殺の原因がいろいろと取り沙汰《ざた》された。

以前から芥川とは多少のつきあいがあり、その文学活動を注目していた志賀直哉は、その死を聞いて、彷《ほう》彿《ふつ》として浮かびくる芥川の姿を追憶しながら、彼なりの芥川龍之介の死を考えたのだった。

乃木大将が明治天皇の崩御の後殉死《じゅんし》した時や、また有島武郎が自殺した時、彼が一番最初に味わった感情は腹立しさだった。だが、芥川の死を聞いた時は、なぜか「仕方ない事だつた」というような気持ちがしたのである。

彼が芥川龍之介と最初に会ったのは浅草の映画館であった。そのころ雑誌『改造』の編集員だった瀧井孝作に「暗夜行路」を『改造』に載せてもらうように依頼するため、たまたま会ったその映画館でたのんだのであった。この時、芥川は瀧井孝作の隣りの席にいたのである。別に挨拶《あいさつ》もせず、ただ芥川の顔を見ただけであった。この後、我孫子《あびこ》に居る時分に一度芥川は彼を訪《たず》ねて来た。この時のことは、「沓掛にて」に次のように書かれてある。

芥川君は腹下しのあとで痛々しい程痩《や》せ衰へ、そして非常に神経質に見えた。(中略)

志賀文学をあこがれた
芥川龍之介

芥川君は三年間程私が全く小説を書かなかつた時代の事を切《しき》りに聞きたがつた。そして自身さういふ時機に来てゐるらしい口吻で、自分は小説など書ける人間ではないのだ、といふやうな事を云つてゐた。私はそれは誰にでも来る事ゆゑ、一々真《ま》に受けなくてもいいだらう、冬眠してゐるやうな気持で一年でも二年でも書かずにゐたらどうですと云つた。私の経験からいへば、それで再び書くやうになつたと云ふと、芥川君は、「さういふ結構な御身分ではないから」と云つた。

たがいに好意を持ちながら、作家としての文学活動に励んでいた彼と芥川龍之介との対照が、この一文によって示されている。そして、芥川の自殺を聞き芥川を追憶しながらも彼は、自《みずか》らの創作態度をはっきりと述べているのである。

憶《おも》い出の中から芥川の姿をよみがえらせても、やはりなぜか、その自殺は「仕方ない事だつた」と思われるのだった。

再び沈黙

我孫子での創作活動は、その最後を飾るように長編「暗夜行路」が書き進められていた。そして後編に入ってからしばらくしてその筆はたたれた。だが京都、奈良に移転してから、彼にとってはめずらしく多くの作品が書きあげられたのだった。「雨蛙」「転生」「濠端の住まひ」「黒犬」「山科の記憶」「矢島柳堂」「晩秋』「過去」「山形」「くもり日」などの作品が大正十三(一九二四)年から昭和二(一九二七)年にかけてつぎつぎと発表された。そして昭和二年から三年にかけては、「夢から憶ひ出す」「沓掛にて」

「邦子」「犬」「豊年蟲《むし》」「鳥取」などの作品を書きあげ、発表したのだった。しかしこれ以後、昭和八（一九三三）年に「池の縁」を書くまでは、まったく沈黙してしまった。「暗夜行路」の後編も、昭和二年一月から三年の六月にかけて九回『改造』に発表されたが、完成間近にして筆がおかれてしまった。作品をまったく発表しなくなってしまったのである。もともと彼は、自分でも言っているように寡《か》作の作家であった。

だが、京都、奈良と住まいを移してめずらしく多くの作品を書きあげていたのである。それが急にまったく創作活動を中止してしまったのであった。以前に一度大正三（一九一四）年から六年にかけて沈黙した時期があった。それには前述したような幾つかの理由があった。しかし今度はこれといったはっきりした原因はなかった。ただ考えられることは彼の生活の危機感ということである。

彼が今までになして来た創作には、つねにその背景に創作へ彼を駆りたてる生活の危機感というものがあった。青年期から壮年期にかけては、父との対立がいつも危機感のような感情で彼の心に流れていた。またあずらしく多作をなした京都、奈良に移転したころの彼には、恋愛という「家庭の危機」があった。そしてこの危機感が彼の創作の大きな原動力ともなっていた。だが父とは和解が成り、また最近の恋愛による「家庭の危機」も、潮の引くように徐々に消えて行った彼の恋愛感情によってとりのけられてしまった。そして平穏無事な家庭生活が彼の毎日をつつんでいたのである。ここに彼の沈黙した一つの原因があったのかも知れなかった。

彼は以前の沈黙の時よりもまして、のんびりと創作意欲の熟してくるのを待ったのだった。

この五年ほどの長い沈黙の間に、生活の上では多少の変化が起こった。

昭和四（一九二九）年二月十六日に父直温は七十七歳で死去した。またその四月には奈良の幸町から上高畑に家を新築して移り、ここで五女田鶴《たず》子が生まれた。そして十二月の下旬に南満州鉄道株式会社の招きで里見弴《とん》と二人で満州旅行に出発した。彼にとってははじめての外国旅行であった。それにもかかわらず、彼は日記以外にはこの旅行の経験を書いていない。一ヵ月ほどの旅行の間には寒さと激しい生活の変化とでからだに変調がきたしたこともしばしばあったが、それでも「気の軽い面白い旅であった、いつも楽しい旅であつた」と日記に記されてある。

奈良の四季

満州旅行をしてきて初めて、外国の風物に接した彼は、日本の風物の美しさをあらためて感じた。旅行を終えて日本に帰ってきた時の感想が、次のように日記に書かれてある。

日本の風景やはりよし、家や木や山が近かい、緑色なり、曇日もうれし、紅白の梅咲けるも大いに珍らし、その辺、チリッパ一つなく掃き清められたるが如く、清潔なり、矢張り日本よろし、(「日記」昭和五年一月二十九日)

この一文から彼が日本の景物にどれほど心のなぐさめを得ていたかがわかるが、それは奈良の自然が彼の心にしみ込んでいたためであった。楽しいこの満州旅行の最中でも、時として「奈良が恋しくなる」こともあったのである。これほど彼の心をひきつけていた奈良とは、どのような所であったのだろうか。

彼は奈良に移転する前に一度奈良に住まうことを考えなおしたことがあった。それは、「奈良の気分は余りに完成してゐる。それからはみ出《い》して暮らす事も何となく不愉快であらうし、溺れきつてゐる事も不愉快に違ひないと思つた」(「奈良」)からだった。

しかし、ひとたび住んでみるとその自然に、その土地柄に魅了《みりよう》されてしまったのである。東京へ出ても奈良が恋しくなり「帰心矢の如く」奈良の家へ舞いもどる事がたびたびであった。

兎に角、奈良は美しい所だ。自然が美しく、残つてゐる建築も美しい。そして二つが互に溶けあつてゐる点は他に比を見ないと云つて差支へない。今の奈良は昔の都の一部分に過ぎないが、名画の残欠が美しいやうに美しい。

御蓋山の紅葉は霜の降りやうで毎年同じには行かないが、よく紅葉した年は非常に美しい。五月の藤。それから夏の雨後春日山の樹々の間から湧く雲。これらはいつ迄も、奈良を憶ふ種となるだらう。(「奈良」)

奈良の自然の四季折々の変化は、古い建築物の端正な美しさと溶けあって彼の心を楽しませてくれたのであった。そしてこの美妙な古都奈良で彼は静かな落ち着いた生活を送るのであった。その上、昭和六年十一月に義母浩が彼の家の近くに移り住んで来たり、その翌年の十一月には六女貴美子が誕生したりして、多くの子どもに囲まれて、楽しい仕合わせな家庭生活を送るのであった。

思想的立場を越えて
直哉と心を通わせた
小林多喜二

小林多喜二

奈良の静かな生活を送っていた彼にはまた多くの友人や訪問客があった。女流作家の網野菊《あみのきく》もこの多くの訪問客の一人であったし、プロレタリア作家小林多喜二もその中にいた。

彼と小林多喜二との関係は、以前書簡を往復させたことがあった。思想的な立場を越えて彼の作品を愛読していた多喜二が、自分の作品を彼に読んでもらってその感想を求めたのだった。彼はこの時次のような返事を書き送ったのである。

プロレタリア芸術の理論は何も知りませんが、イデオロギーを意識的に持つ事は如何なる意味でも弱くなり、悪いと思ひます。

作家の血となり肉となつたものが自然に作品の中で主張する場合は兎も角、何かある考へを作品の中で主張する事は芸術としては困難な事で、よくない事だと思ひます。運動の意識から全く独立したプロレタリア芸術が本統のプロレタリア芸術になるのだと思ひます。(昭和六年八月七日付)

この書簡は彼のプロレタリア文学に対する考えがはっきりと述べられているのであまりにも有名な書簡である。と同時に「イデオロギー」を作品の中で主張することを嫌《きら》っていることが、はっきりとわかるのである。このことは、以前彼が『白樺』の運動から多少遠ざかったころの理由とも関係していた。それは、ちょうど彼が尾道へ赴く時分であった。東京から離れて行った最大の理由が父との不和であったが、『白樺』から離れたい気持ちも多少持っていたのである。それは、当時『白樺』の方向が武者小路実篤の「人道主義」に傾いて行ったからであった。彼は主義の内容を問題にするよりも、ともかく一つの主義にこりかたまることが嫌いだったのである。それゆえに『白樺』の運動から多少遠ざかったのであるが、今もこの多喜二あての書簡の中にはっきりとそのことが述べられているのである。

小林多喜二は昭和八（一九三三）年二月、警察に検挙され拷問《ごうもん》を受けて獄死してしまった。これを聞き知った彼は「アンタンたる気持」になった。

彼もまた多喜二と同じように、思想的立場を越えて奈良の家に訪問して来てくれた小林多喜二に親しみを持っていたのだった。

このころから彼は再び筆を執《と》るようになった。

小林多喜二の不自然な死が何らかの形で彼に影響を与えたのかも知れなかった。五年間という長い沈黙を破って発表された作品は、「萬暦《まんれき》赤絵」であった。そしてこの年昭和八年にはほかに「池の縁」「日曜日」を書きあげ、翌年に入って「朝昼晩」「菰野《こもの》」「颱風《たいふう》」を書いた。これらの作品は以前の作品より以上にいわゆる小説としての要素のない日常生活の断片を写した作品であった。久しぶりで執った筆も、日常生活の断片を数編書いただけで、またしても沈黙してしまった。「颱風」執筆後、二年半ほどの創作の筆を断《た》った。この沈黙の間に彼は、昭和十（一九三五）年三月九日に義母浩を失い、また自《みずか》らは胆石《たんせき》を病んで、苦しい闘病の生活を送った。

「暗夜行路」完成する

病気と闘って二年半ほどの沈黙を続けていた彼が、今度筆を執ったのが長編「暗夜行路」完成のためのものであった。

大正十(一九二一)年一月より昭和三(一九二八)年六月まで、断続して『改造』に連載されていた「暗夜行路」はその後九年間ほど未完のままになっていた。ところが今度改造社から彼の全集を出すことになり、これを機会にようやく彼は、何がなんでもこの長編を完成させようと決心し、努力したのであった。そして昭和十二(一九三七)年三月四日に書きあげられた最終の部分は『改造』四月号に掲載され、大正十年一月に前編が発表され始めてから、実に足かけ十六年以上の歳月を経《へ》て前後編が完結したのであった。

今度全集を出すについて、何でも彼でも書上げる事にしたが、主人公の気持に本統に自分が入れるか、書き出すまではそれが甚だ心許《こころもと》なかつた。然し幸に本気になつて、入り込む事が出来、出来栄えに就いても或る程度に満足した。(「続創作余談」)

この長編を完成するために費《つい》やされた長年月の間に彼は実生活の面でいろいろな体験をし、彼なりの成長を遂げた。そしてはじめてこの長編の主人公時任謙作の精神状態に入ることができたのであった。それゆえこの作品を完成するのに費やされた日時というものは彼の精神的成長にとって必要な歳月であったのである。

そしてこの長編の深さと重みは、主人公の気持ちになれるまで待ったという彼の創作態度にあったのだった。

東京生活

奈良の生活は静かな落ち着いた仕合わせな生活であった。しかし東京という文化の中心から離れた生活だっただけに、いつの間にか時代遅れになってしまった。

東京にゐると、友達同士話してゐるうちに自然に卒業出来る問題が、田舎にゐると一人でそれを考へる事になる、何でもない問題がいやにもの〳〵しい問題になつたりして、知らずにそれを卒業した側《がわ》から見ると少し滑稽《こっけい》に見えたりする場合もあつたらう。つまり田舎にゐると総てが事大主義になり、本人は自然、村夫子《そんぷうし》になつて了ふ。（「稲村雑談」）

彼自身にとってみれば、如何《いか》に中央から離れた田舎暮らしであっても、美しい自然と日本の古美術がいきづくこの奈良の生活は、離れがたいものであった。しかし息子《むすこ》の直吉が中学へ行く年が近づき、学問はやはり文化の中心である東京で勉強させたいと彼は思った。そこで直吉はひとまず東京に出て伯母《おば》の家から学習院の初等科五年に転入して学校に通うこととなった。この翌年には彼の妻と次女留女《るめ》子、五女田鶴《たず》子、六女貴美子とが東京に移った。彼は三女壽々《すず》子や四女萬龜《まき》子と共にこの娘たちの学校の都合で奈良に残ったのである。そして翌年の昭和十三（一九三八）四月にこの二人の娘が学校を卒業すると同時に、奈良を去って東京に移り、一家は淀橋《よどばし》区諏訪町《すわちょう》に家を借りて住んだのだった。

この諏訪町という所は、高田馬場《たかだのばば》の近くで、子どものころから麹町《こうじまち》、芝、麻布《あざぶ》に住んで育った彼は、高田馬場には一度も来たことがなかった。

若い時に東京を離れて二十六年ぶりに帰って来ても少しも東京へ帰ってきたような気がしなかった。どこか旅先の知らない土地へ来たような気がして不愉快な気分になるのだった。そのうえ、当時の日本はすでに前年の昭和十二年七月に日華事変が勃発《ぼっぱつ》しており、また米・英との戦争に突入する三年ほど前だっただけに、急速に戦争の渦《うず》に足を踏み入れて行ったころでもあった。このため高田馬場に住んでいた彼は、「生涯での不快な時代」を味わうこととなった。

日支事変がダラ〳〵と何時終るか分らぬ状態で、言論の自由はなく、何か書けば知らず〳〵何所かにその不愉快が出さうで、それが一種の強迫観念になつて書くといふ事が甚《ひど》く億劫になり、それと病気とで、一時は文士廃業を宣言して、油絵をやらうと考へた。(「稲村雑談」)

以前に病んだ胆石の再発で心身が非常に衰え、その上言論の統制にあって思うような創作活動が出来ず彼は、終戦までわずかの作品しか発表しなかった。そして彼の創作意欲は急に油絵を描くことに傾いて行った。

絵としての結果は何うであらうと、人事《じんじ》の葛藤が極端に厭になり、それらを見、ききする事で、方丈記のやうな厭世的な気分になつて来た私は、この事で救はれたやうな気持だ。(「無題」)

そして二十代のころに小説に対していだいたと同じような情熱をもって絵を描き始めたのである。だが、おもしろく情熱を傾けることができた絵も、結局は仕事になりそうもなくて、きれいさっぱりと描くことをやめてしまった。それでも「絵描きは老年になつても、死ぬ日まで描いていることができるのではないか」と考え、もし生まれ変わることができるならば画家になりたいと思うのであった。

まもなく一家は、諏訪町から世田谷《せたがや》区新町に移転した。諏訪町での生活は、時世の圧迫とともに土地柄や家の建てつけの悪さなどから落ち着かぬいやな生活だった。また長年刺激の少ない所を選んで住んできた彼は、久しぶりの東京での生活は刺激の多い毎日だったのである。このような日が続くと彼はひどく空虚になって、奈良に帰りたくなる思いがしたのであった。そこで東京でも静かな刺激の少ない所を選び、この新町の家に移ったのだった。しかし時勢は刻々と急迫し戦争拡大へと向かい、一家がこの新町に移ったのが昭和十五（一九四〇）年五月で、翌年の十六年十二月には米英に宣戦を布告し、太平洋戦争へと突入して行ったのである。

旅行の日々

戦時下の息苦しい生活の中では、彼は創作の自由を奪われて思うようには作品を発表できなく、また書かなかった。それでも東京に移って来てからは、「病中夢」「クマ」「蟲と鳥」「早春の旅」「馬と木賊《とくさ》」「淋しき生涯」などを書きあげた。そして終戦になるまで、昭和十七年六月に「龍頭蛇尾《りゅうとうだび》」という随筆風の小品を発表してから作品は一切発表しなかった。この間彼は、非常に多くの旅行をした。もともと彼は旅行が好きで、思いたつとどこへでも旅した方であったが、戦時下の暗い抑圧された生活から逃れるかのように各地を旅したのだった。

昭和十四年五月に里見弴と伊東から伊豆の式根島に遊び、まもなく胆石を再発してしばらくは家で闘病の生活を続けた。半年ほどして病気がよくなると再び伊東に赴き、しばらく病後の療養を送るのであったが、昭和十五年三月十九日から息子《むすこ》の直吉を伴《ともな》って京都、奈良、大阪、宇奈月、赤倉を旅行した。この旅行の様子は「早春の旅」に描かれている。

翌年昭和十六年五月には留女子、壽々子、萬龜子を伴って松島、石巻、十和田湖を旅行した。また十八年十二月の下旬から友人の若山為三とともに関西、九州方面を旅し、翌年の一月中旬に帰宅した。そして昭和二十年六月にはますます激しくなる東京の空襲から逃れるように、信州の高遠そして福井、奈良を旅したのであった。しかしこれらの旅行はけっして旅を楽しむためのものではなかった。このころの彼の気持ちは、無謀な戦争に突入し、拡大して行く戦域を知るにつれ、暗くのしかかるような不安の気持ちがつきまとっていた。それでも彼は日本各地を旅し親戚や友人の家を訪ね歩いてそれなりの静かな生活はしていた。だが戦争という影は、生活のあらゆる面でその波がおしよせ、特にいろいろな生活必需品が欠乏したことが生活を苦しくしたのだった。そしてなによりも食糧不足がひしひしと戦時下である事を感じさせたのである。一方、戦争が進むにつれて東京も空襲を受けるようになった。焼夷弾《しょういだん》のカラカラと落ちる音、ぼうぼうと燃えあがる市街地——地獄さながらの東京で、死の不安と闘いながら生活せねばならなかったのである。彼はこの空襲から逃れ、疎開する気持ちで旅をしたのだった。しかし追いたてられるような不安な気持ちで旅をしても、時には旅先で落ち着いた日を送ることもあった。そして旅先で接した自然に対してますます彼の興味は深くなり、自然の微妙な変化を知って幸福を感ずることもあったのである。

終戦

日本の都市に恐ろしい戦争の傷跡を残して昭和二十(一九四五)年八月十五日、日本は連合軍に無条件降伏をした。戦禍は都市の破壊だけではなく、すべての国民の心にいろいろな形で残されたのだった。ある者は原爆の犠牲になり、また肉身を失い、家屋を失って、戦時下の「一億玉砕」という意気込んだ情熱はもとより、これからの生活をどうするかという未来への方針や夢なども失われて、焼土に茫然《ぼうぜん》と佇《たたず》むだけであった。身内《みうち》にはりつめられていた緊張感と躍動感は、霧が消え去るように失われて虚脱状態になってしまったのだった。

彼は終戦を世田谷の家で迎えた。幸い彼の家は戦火を免れ、家族も皆無事であった。しかし空襲、終戦、そして外国軍隊の進駐という急激な時世の変化に不安はつのり、その上食糧難のために彼は栄養失調に陥った。それでもいままで抑圧されていたあらゆることから少しずつ解放されはじめた。物資不足は深刻な状況を続けて行ったが、言論の自由は取りもどすことができたのであった。今日でこそ言論の自由を云々《うんぬん》しても、実感としてどれだけその尊さを知ることができるかわからない。が当時の実際に統制された時の苦しみを知る者には、いかに言論の自由が尊く大切なものであるかは、はかり知れぬものがあったのである。言論の自由を再び取りもどしたことは、精神の上に暗くのしかかるような不安と重圧から解放されたことも意味したのだった。

彼は終戦後まもなくいままで抑圧されて来たものを一ぺんにはらうかのように政治問題に対して激しい口調《ちょう》をもって発言したのだった。まず初めに、第二の東條英機が出てこないための予防策として、「今、吾々が彼に感じている卑小なる東條英機を如実に表現した銅像を建てるがいい」(「銅像」)と考えた。そして、東條英機の大きな銅像をつくり、「台座の浮彫には空襲、焼跡、餓死者、追剝《おいはぎ》、強盗、それに進駐軍」などを表わして、「日本国民は永久に東條英機の真実の姿を記憶すべきである」(同上)と発言した。これに続いて、「死ぬことが何でもない」というように教育されてきた特攻隊員たちが、戦後の混乱した社会にほうり出されている状態を考えて、政府はこれらの青年たちを再教育しなくてはならぬと発言したのだった。(「特攻隊再教育」)また「国語問題」「天皇制」「若き世代に愬《うった》ふ」などを書き発表した。

言論を圧迫し無謀な戦争に突入して敗れた日本は、混乱した「厳しい時代」を経験せねばならなかった。このような時代の中にあって彼は、沈黙していることができなかったのである。彼の政治への発言が当時の社会にどれほどの影響を与えたかはわからないが、一個の作家、人間としての彼の魂は、この戦争に対して深い悲しみと憤《いきどお》りを感じていたのである。そして彼は、その気持ちを「灰色の月」(昭和二十一年一月『世界』)という作品にみごとに表現したのだった。

熱海山荘　彼が政治問題について発言したことはあまりなかった。しかし敗戦と同時に未曽有《みぞう》の混乱に陥った日本の社会の中で、彼は限りない悲しみと怒りを感じたのである。だからこそ彼にはめずらしい政治問題に対して激しく発言したのである。だが時代や社会は急には変革することはできないのであり、特に戦後の物資不足は明日の食糧にもこまるほど切迫していたのだった。彼の健康はおもわしくなかった。軽度の栄養失調と神経衰弱に悩まされたのである。彼は静かな生活を願った。落ち着いて仕事のできる生活を願った。奈良が恋しくなったりした。

このころ、奈良東大寺の上司海雲から自分の家に来るよう誘いの手紙が来た。そこで彼は、なにをおいても奈良へ行くことに決心した。

奈良東大寺での生活は一ヵ月半あまりであった。短い期間ではあったが、ここでの生活は彼にとってすばらしいものであった。

今度の旅は僕の生涯の或る一時期と云つていい静かな愉しい一ト月半でした。――帰つてからも静かな気持続いてゐます。

と、上司《かみつかさ》海雲にあてて礼状を出している。

しかしやっと取りもどした静かな気持ちも、東京生活が再び始まると雑誌社に追われたり、戦災の息苦しい波が彼の生活の中にも押し寄せてきたりして、いつのまにやら消えてしまった。焼け出された親類の人々が彼の家をたよってきていて、一時は十七人もの多勢の人が寝食をともにしたのだった。彼は東京にいたたまれなくなった。そして戦争の傷跡が生々しく残っている東京には未練もなく、彼は熱海市稲村へ移転して行ったのだった。昭和二十三(一九四八)年一月のことである。五女田鶴子、次男直吉の二人は前年にそれぞれ結婚しており、彼は妻と六女の貴美子とを伴って熱海の山荘に引き移ったのだった。

この熱海の山荘は海面からだいぶ高い所にあり、晴れた日などは、大島、利島《とし》、新島《にい》を眺めることができた。夜になれば大島や三崎や房州の燈台のあかりに混ざって海面には美しい漁火《いさりび》が輝くのであった。そしてまた海の景色が四季の移り変わりとともに千変万化し、あたりの風物も心をなごませる美妙な変化をするのだった。鳥が鳴き海では海豚《いるか》の群れが浮き沈みするのが見えたりした。新鮮な魚貝類を食べることができ、冬は暖かく夏は涼しいこの山荘生活は、東京の戦禍からうける息苦しい不愉快な気分をやわらげてくれたのだった。

これまで落ち着かぬ生活のために作品を書くことができなかったが、この山荘に移ってからは、もともと寡《か》作の彼にしてはめずらしく数編の作品を書き上げ発表した。

「老夫婦」「秋風」「奇人脱哉」「動物小品」「末つ児」「山鳩」が書かれた。

「山鳩」(昭和二十五年一月号『心』)は一時間もかからずに書き上げたものであったが、山鳩に向けられた彼の慈愛のまなざしが、当時の暗い社会情勢の中にあった人々から大変に歓迎されたものだった。この作品を書いた昭和二十四(一九四九)年十一月に彼は文化勲章を受賞した。

熱海市稲村の家

閑人妄語

文化勲章を受賞した翌年の昭和二十五（一九五〇）年から六年にかけて、彼は、小品や随筆を発表した。「目白と鶸《ひわ》と蝙蝠《こうもり》」「昨夜の夢」「妙な夢」「自転車」などの作品とともに、随筆では「山荘雑話」「閑人妄語《かんじんもうご》」「美術の鑑賞について」などがあった。

文化勲章受賞の日の直哉
（昭和24年11月，右より三人目）

この中の「閑人妄語」は、彼の世界観、人生観がよくあらわれているものである。たとえば彼の仕事とする創作についての作品と世の中との関係を次のように考えているのである。すなわち、彼にとっては来世とか霊魂の不滅などという考えは、とうてい信じられないことであった。だが一人の人間のこの世でした精神活動は、その人の死とともにただちに消え失せてしまうものではなくて、さまざまな形で後世の人々に働きかけることはあると信じていた。そして、彼は自分の仕事を次のように考えるのである。

創作の仕事も、少し理想的ないひ方になるが、作家のその時の精神活動が作品に刻み込まれて行くといふ意味で、その人の精神が後に伝はる可能性の多い仕事だと思つてゐる。（「閑人妄語」）

以上の考えから、完成した作品を作家は、自分の手から離してやれば、あとは作品自身で読者と直接交渉をもち、いろいろな働きをするという考えなのである。この考え方は、彼の創作態度とも深い関係があった。自《みずか》らの精神活動を力いっぱいに表現できぬ時は、むりをして書かずに筆をおいておくようなことがたびたびあったが、それは次の理由によるものだった。自分の作品が思いもよらぬ所で、思いがけない人によい影響を与えることがあり、それを後になって知った時、喜びを感じた経験があった。

それ故、作家は善意をもつて、精一杯の仕事をし、それから先はその作品が持つ力だけの働きをしてくれるものだといふ事を信じてゐればいいのである。(「閑人妄語」)

と考えるがためであった。

「閑人妄語」の中には、現代の世相、ひいては原子力時代の不安についても述べられているのである。それは、庶民が重税に苦しみ一家心中が出るような現状に、一方では文化財保護のために莫大《ばくだい》な金が国庫補助として出るなどという新聞記事を読んで何か矛盾を感じたことから起こった不安だった。その一方では、大変な金を使って徹底的な破壊力を持った原子爆弾や水素爆弾を作っているという現状がある。まったくこの時代は不思議といえば不思議な時代であると思った。そして、人間の作り出した文化――思想とか科学とかのこれまでの進歩発展に対して驚嘆しながらも、限界を知らぬという「人間の盲点」を考えて彼は不安を感ずるのだった。この不安はなにも今に始まったことではなかった。いつの時代にもこの不安はつきまとっていたのであるが、彼がこの不安を消すために三十何年という間《あいだ》、執ってきた態度は次のようなものだった。

東洋の古美術に親しむ事、自然に親しむ事、動植物に接近し親しむ事などで、少しづつそれを調整して行くうち、……漸く心の落ち着きを得る事が出来た。（「閑人妄語」）

そして現在、熱海の山荘に引きこもり、毎日相模灘《さがみなだ》の広々とした景色を眺め、鳥や虫や草木に接近した生活を送っている彼は、心の落ち着きと同時に、いかにもこの時代から遊離した生活であることを感ずるのだった。しかし、そのためにかえってこの時代がよくわかるような気のする時もあるのである。他人に言わせれば、「閑人《ひまじん》の妄語《たわごと》」に過ぎないかも知れないが、彼の現代の世想を自《みずか》らの人生体験を通して眺めた素朴でありながら、透徹した感想が、ここには述べられているのである。

古稀

昭和二十七（一九五二）年の年も明けて彼は、数え年七十歳になった。いわゆる古稀《こき》の年に達ったわけである。この年の彼の「年頭所感」には、この年を迎えて「何となく嬉しい気持」を味わいながらも、このころの淡々とした生活を映した感想が述べられてある。そこには七十年という歳月をふり返って、長いようでもあり短いようでもあったと感じている彼がいる。このころはまだ武者小路実篤、里見弴、長與善郎、柳宗悦という彼の青年期からの友人たちがみな元気に活躍していたため、これらの人たちと会って話していると、いつのまにか自分たちの老年を忘れてしまうことさえあった。それでも視力が衰えたり、もの忘れがひどくなったりしたのは、やはり年齢のためであろう。しかし、ものをおぼえておこうという努力はしなくなったが、ものを識《し》るという興味は、若いころよりもかえって強く感ずるようになった。地球上のこと、自然のこと、人生のことなど、少しでも多くを識りたいという欲求があった。

彼は、この年の五月三十一日、ヨーロッパ旅行に出発した。この旅行の目的は、美術を観《み》ることが主であったが、その背景には、この年の年頭所感に書いたような、少しでも多くのことを識《し》りたいという欲求があったのである。梅原龍三郎、柳宗悦、浜田庄司という友人たちとのいっしょの旅だっただけに楽しい愉快な旅ができた。美しいローマの街に感嘆し、スペインの闘牛を見て、あまりの残酷さに閉口してもう二度とけっして見たくないと思ったりした。また、フランスやイタリアの美術館で、若いころから写真を見て親しんでいた絵画や彫刻を自分の眼でじかに見て、心からうたれた日々を送ったのだった。しかし旅はやはり疲れる。イタリア、フランス、スペイン、ポルトガルと旅して来て、イギリスに渡ってからどっとその旅の疲れが出てしまったのである。途中ではあったが、彼は急ぎ帰国したのである。

帰国後、健康の回復につとめる生活を送った彼は、やはり日本の生活に平安を感ずるのだった。

帰つて見たら矢張り出かけてよかつたと思つてゐるが、日本の生活、見かけは悪くても自分には一番いいとも思つた。(昭和二十七年九月二日、長與善郎あて書簡)

現在の住居へ

彼の熱海の住居は、実に景色のいい所であった。

「私はこれまでも尾道、松江、我孫子《あびこ》、山科《やましな》、奈良といふ風に景色のいい所に住んで来たが、ここの景色はなかでも一番いいやうに思ふ」(「朝顔」)と彼も自《みずか》ら言っている。しかし、彼はこの住居をこすことにした。すばらしいここの景色とは別れがたかったが、彼の年齢では、すでにこの山上での生活に種々の困難を感じてきていたのだ。ことに、移り住んだ当座は、息苦しい敗戦の傷跡を残していた東京から逃れ、ここの自然の地形に喜びを感じては附近一帯の山を散歩したものだったが、年とともに急な坂を上り下りする生活は、かえって苦しいものとなってきていた。そこへ家主の都合で立ちのかなければならなくなり、これを機会に引越しをすることにしたのである。美しい、すばらしい景色を眺めて暮らした七年半の生活から去ることは淋しい気がしたが、いたしかたなかった。

東京の渋谷区常盤松《ときわまつ》に家を新築して移転した。昭和三十（一九五五）年五月のことである。これまでに幾回となく住居を移り変えてきた志賀直哉は、この家にようやく腰を落ち着けたのか、以後はこの住居で生活を送った。

この家は、建築家の谷口吉郎の設計になるもので、「全く洒落《しゃれ》気のない、丈夫で、便利な家」として敷地九十坪あまりの二階建ての家である。

しかし、引越してきてからしばらくは、彼は、「熱海の家が恋しくて弱つた」のである。「あの海の景色がいつまでも心に残つてゐた」（『熱海と東京』）のだった。それに熱海では動物を飼う楽しみもあり、野生の動物を見る愉《たの》しさもあった。「この楽しみは年寄つた者には何といつていいか、妙に後味のいい楽しみ」だった。だが東京に移って来たらこの楽しみが全然なくなってしまった。そこで「私が東京の生活に本統に順応出来るのはいつの事か」と心配したりするのだった。それにしても熱海の生活と違って東京は、実に便利であった。東横百貨店はすぐそばにあり、好きな映画も歩いてすぐ行ける所に劇場があった。彼はよく外出した。映画の試写会、東横ホールの若手歌舞伎《かぶき》、舞踊の会、展覧会などを観るために実によく外出した。だが、この外出によって得られる楽しみは大きいには違いないが、「正直にいへば、居ながらに楽しむ事の出来る自然物の楽みの方に心が傾いてゐる」と彼は言う。

ところで彼は、熱海生活の後半に「朝顔」「いたづら」などの作品を書き、移転後は、「夫婦」「祖父」「白い線」などの作品を発表した。しかし以後はいくつかの随筆や小品を除いて、ほとんど作品らしい作品は発表していない。

第二編　作品と解説

志賀直哉が近代日本文学に与えた影響は、広く深く、はかり知れぬものがある。

「志賀直哉は日本文学の故郷」と言われたり、また広くは、「小説の神様」と呼ばれたりした。彼の描いた作品は、いずれも、しみじみと、それでいて強く深い感動を読む者に与える。彼が長年かかって完成した唯一の長編小説『暗夜行路』は、日本文学の代表的作品として、また小説の一つの理想型として、今日もなお多くの愛読者をえている。

中村光夫は、志賀直哉について次のように述べている。

或る作家の精神の多産性とは、その作品の数によるのでなく、その影響の範囲と深度によつて計られるとすれば、志賀直哉は大正期の生んだもつとも多産な文学精神であつたと云へませう。

ここでは、『暗夜行路』を中心に数編の作品を鑑賞することによって、志賀直哉の「文学精神」をみて行くことにする。

三つの処女作品

はじめて世に発表する作品を処女作というが、志賀直哉には、いろいろな意味で三つの処女作品がある。彼にとっては、この三つの作品はどれもが処女作品といえるほど意味あるものだった。彼はそのことを次のように述べている。

世間に発表したもので云へば「網走《あばしり》まで」が私の処女作であるが、それ以前に「或る朝」といふものがあり、これが多少とものになつた最初で、これをよく私は処女作として挙げてゐる。「或る朝」以後は書く物が兎に角小説らしくなつたから、これが処女作でもいひわけであるが、更に溯ると、高等科の頃、一人上総《かづさ》の鹿野山《かのうざん》に行つた時書いた「菜の花と小娘」を別の意味で処女作と云つていひかも知れない。

（「続創作余談」）

処女作は、その作家の出発であり、また帰結でもあるとよくいわれるが、志賀直哉の三つの処女作品のもつ意味をみることによって、志賀文学の発《ほっ》端をつかんでみよう。

「菜の花と小娘」の世界

幼いころの志賀直哉は、将来は大実業家か、あるいは軍人になることを夢みていた。毎日の生活も活発で運動の虫といったほどであった。ところが年とともに少しずつ自分の将来に、いままで抱いていた夢とは全くかけはなれた希望を持つようになっていった。その第一のきっかけは、内村鑑三による示唆《しさ》だった。そしてもう一つの決定的な要因は、学習院の中等科から高等科にかけてともに勉学にいそしむ仲となった武者小路実篤、木下利玄、正親町公和などの人たちと交友があったことである。この二つの要因は、自我に目覚め、自己を主張し発揮しようとしていた志賀直哉の心を、文学への道に進ませることにしたのである。それまで乱読していた本を少しずつていねいに、作風や文体などに気をくばりながら読むようになった。同時に一方では、自分でも創作をはじめたのである。明治三十七(一九〇四)年の五月、日露戦争が勃発《ぼっぱつ》した直後の緊迫した社会情勢の中にあって、一人千葉県の鹿野山に旅行して、東京湾を赤々と照らし出す木更津《きさらつ》燈台の燈《ひ》を眺めながら、彼としては最初の短編を書きあげたのだった。現実の切迫した社会情勢とは遠くかけはなれた、童話風の美しい幻想の世界を描き出したのであった。「菜の花と小娘」がそれである。そのあらすじは、

　ある晴れた静かな春の日の午後、一人の小娘が山へ枯枝を拾いに行った。帰ろうとした小娘は、ふと小さな草原に咲いている一輪の菜の花が自分を呼んでいるのに気がついた。いつとはなしに小娘の心はこの菜の花に通《かよ》って行った。小娘は、菜の花がひとりぼっちで淋しいわ、と悲しげに言うのを聞いて、それでは麓《ふもと》の菜畑へ——友だちのたくさんいる菜畑へ持ち帰ってやると言った。麓までは清らかな小川が流れている。小娘は、自分の手の中であつさのためにうなだれている菜の花を、小川の流れにひたしてやった。流れにのった菜の花は、びくびくしながらもようやく麓の村までたどりつくことができた。小娘はこの菜の花を自分の家の菜畑に植えてやった。菜の花は勢いよくのび育ち、今は大勢の仲間と仲よくしあわせに暮らす身となった。

「菜の花と小娘」さしえ

この作品は、菜の花と小娘の清純な美しい心の通いあい——それはとりもなおさず、小娘の乙女《おとめ》らしい、無垢《むく》で素朴な心の世界なのであるが——を描いたものであった。多くの少女が、おだやかな日の午後に一度は夢想したであろう幻想的な世界がここにはある。そして小娘と菜の花とに対話させながら、小娘の豊かな感受性と暖かい心を映《うつ》しだしたメルヘン的作品なのである。ちょうどこのころ、志賀直哉は、アンデルセンの童話を愛読していたころで、その影響で書かれたものだった。彼自身は、「如何にも子供らしい甘いもの」と言っているが、この作品には、早くも後年の志賀文学の特色である描写のたしかさがみられるのである。菜の花が小川の流れにのって動くところの描写は細かい観察によるものである。

この作品は書かれたのは早かったが、発表されたのは、ずっと後の大正九(一九二〇)年一月号の『金の船』という雑誌の誌上であった。

「網走まで」の世界

おおやけに発表した作品で最初のものは、『白樺』の創刊号(明治四十三年四月)に載せた「網走《あばしり》まで」である。あらすじを述べてみる。

それは八月も特に暑い日だった。自分は日光へ行くために夕暮れも間近い東北線の列車に乗り込んだ。浦和から自分の前の席に移ってきた二人の子どもをつれたまだ若い婦人は、なぜか自分の心を動かすものがあった。それは、七つばかりの生来の薄弱児と乳飲児とを懸命にいたわり、かばい、あやしながら列車に揺られている姿に、女の母としての美しさを感じ、同時に、この女性の運命的な生活を感じたからかも知れなかった。聞けば、北海道の網走にいる夫のもとへ五日も六日もかけて列車を乗りついで行くという。夫の話や子どもの話を聞き、古くはなっているが、結婚前後の華《はな》やかな生活をしのばせるような着物や帯をしているのを知るにつけ、自分は、今のこの女性の苦しい悲しい生活が思いやられるのであった。その思いはまた、この女性の未来の運命的な死さえも考えさせるものだった。自分は、今のこの女性には、いったいどんな心が宿っているのかと思ってみた。車中で熱心に書きあげたハガキには、現在のこの女性の心境が書かれてあるかも知れないのだが、自分は頼まれたままにあて名をちらっと見ただけで、宇都宮の駅のポストに投函したのだった。

この作品は明治四十一(一九〇八)年八月に書かれたもので、当時東京帝国大学に籍を置いていた関係から『帝国文学』に投稿したが没書となったものだった。

「網走まで」は或時東北線を一人で帰つて来る列車の中で前に乗り合してゐた女とその子等から、勝手に想像して小説に書いたものである。(「創作余談」)

志賀文学は、実体験をもととして、それに「想像」を付加させて作りあげられた世界が多くあるが、この作品もその一つといえる。だが、ここには、「想像」が持つ誇張と感傷の世界がいちじるしく描かれている。気むずかしい子どもに手こずっている母親の姿は、おそらく作者が実見したものであろうが、そこから作者は、感傷的な同情を寄せつつ誇張的な「想像」の世界に飛躍してしまうのである。同情は翔《はね》をのばして、この母親の過去や将来にいたるまでの不幸な姿を「想像」する世界にまで飛んで行くのだった。しかし、この作者の母親に寄せる同情の誇張的、感傷的想像には不思議なほど「大衆小説向き想像力」が持つわざとらしさや、いやみな感じがないのである。それはやはり作者の観察のたしかさと描写の力強さによるものであろう。普通の子どもとどこか違う容貌《ようぼう》や動作を見ぬいて映し、「お医者様は是《これ》の父が余り大酒をするからだと仰有《おっしゃ》いますが、鼻や耳は兎に角つむりの悪いのはそんな事ではないかと存じます」と、観察のたしかな裏づけを母親によって述べさせる。そしてこの子どもに手こずる母親の姿——どこか遠いかなた、多分網走の空でも思って感ずる現在の不安な気持ちをまぎらすかのように、懸命に子どもたちをいたわりながらめんどうをみる母親の姿を精細に映し出す。子どもと母親のひとつひとつの動作から、これを見ている作者には必然的に母親の過去、将来の運命的な生活が思い浮かぶのである。この描写力によって、読者も誇張と思えるほどの作者の「想像」の世界に引き入れられ、説得されてしまうのである。

　志賀文学にはよく子どもの生態が描かれるが、その多くが親愛感のこもった肯定的な描き方であるのに比べると、ここに登場する子どもは、みじめで醜悪な嫌悪《けんお》すべきものとして否定的にあつかわれている。悲惨、醜悪な現実と取り組むことを避けてしまったところに志賀文学の長所短所があるとよく論じられるが、この初期の作品には、否定的なあつかいかたではあっても、みじめで暗い影を背負った母子の姿を直視し、それに同情を寄せつつ実人生の断面をかいま見たような作者の思いが描かれてある。しかし、このような文学的視点というものは後年になるにしたがって消えて行き、結局、悲惨な生活の中に人生の真相を見て、それを必然的な主題とするという方向は、志賀文学に定着しないのである。

「或る朝」の世界

「網走まで」は志賀直哉が最初に発表した作品だった。しかし、この作品以前に、彼にとっては、創作する「要領」というものがわかることができた記念すべき作品があった。彼にとってのほんとうの意味での処女作品となったのが「或る朝」である。

あらすじ

祖父の三回忌の法事のある朝だった。前の晩に早く寝るように再三祖母に注意されていた信太郎は、小説を読んで夜ふかしをしてしまったために、やはり朝になるとなかなか起きられなかった。祖母はうるさいまでに信太郎を起こしに来た。正月のまだ十三日では冬の真最中《まっさいちゅう》で、朝の床のぬくもりからはよういには離れがたかったし、それにいったん寝覚めてから再び眠りの世界へ沈んでゆく快さはなによりもかえがたいものだった。そこへまた祖母は、祖父の三回忌という家にとっては大きなできごとがこれから行なわれるというのに、しかも朝食の膳はそろい、妹や弟も家中一同が起きて動き出している最中に、まだ床に伏している信太郎をさとすように起こしに来るのだった。しかし、再三「起きる、起きる」といいながら床から離れない信太郎に、とうとう祖母は怒りを爆発させてしまった。信太郎も信太郎で、寝起きの悪さからくる不愉快さで少しずつ気がたかぶってきた。そこへ祖母が怒る。いきおい信太郎も腹立たしくなってきた。祖母が「不孝者」と信太郎に怒りをたたきつければ、「年寄の言いなり放題になるのが孝行なら、そんな孝行は真平《まっぴら》だ」と負けずに言い返す。祖母は夜着をかたづけていた手をはなすと、そのままにして部屋から出て行ってしまった。これをきっかけにようやく起き出した信太郎は、ふと諏訪湖《すわこ》へ氷滑りに行って祖母に心配をかけてやろうかと考えた。最近、学生三人が落ちて死んだ記事が新聞に出ていて祖母も読んでいるはずだから、自分が行っている間はさぞかし心配をするだろうと思ったのだ。しかしこの腹いせめいた旅行の計画も、その次の瞬間にはまったく嘘《うそ》のように彼の心から消え去って行くのだった。それは、祖母が卒塔婆《そとば》を坊さんに書いてもらうために筆をさがしに再び信太郎の部屋に来た時の、いままでの気持ちの行き違いや口喧嘩《げんか》というようなことをけろりと忘れてしまっているようすを見たからだった。祖母はなにもわからずに細い筆を持って出て行こうとするので信太郎は「そんなのを持つて行つたつて駄目ですよ」と言った。「そうか」と祖母はすなおにもどって来た。そしてていねいにそれをまた元の所にしまって出て行った。信太郎は急におかしくなった。同時になぜか胸の中を駆けめぐるあついものを感じ、涙が自然に出てきた。そしてしばらくすると涙も止まり朝のすがすがしさが胸の奥までしみ渡るのだった。

鑑賞

「或る朝」は書きあげてからだいぶ後の大正七（一九一八）年三月『中央文学』に発表された。擱筆《かくひつ》は、明治四十一年一月十四日である。これは作中にもある祖父の三回忌の法事の翌日に書かれたものである。そしてここに書かれたできごとは、ほとんど志賀直哉自身の体験がもととされている。試みに当時の彼の日記をくってみると、明治四十一年一月十三日の日記には次のように記されてある。

朝起きない内からお婆さんと一と喧嘩して午前墓参、法事。

ここに記されている「喧嘩」とは作品「或る朝」の中でのできごとであろう。そして、このなまなましい体験を翌日即座に作品に描き出したのだった。

朝から昨日のお婆さんとの喧嘩を書いて、(非小説、祖母)と題した。(「日記」明治四十一年一月十四日)

「非小説、祖母」と題したところによると、書きあげた時は、小説としてよりはむしろ、昨暁の涙の後におとずれた晴ればれとしたすがすがしい胸の中を、書きとめておきたかったのかも知れない。しかも、「祖母」と題したところに、志賀直哉がいかに祖母に深く親しみ、はかり知れない愛情を抱いていたかが知れるであろう。幼時から祖父母の手で育ってきた直哉は甘い祖父母にはなんでも言うことができ、わがままを通すことができたのだった。そして、祖母と孫直哉が肉身の強い愛によって結ばれていればいるほど、時としては「喧嘩」をすることもあった。しかし「喧嘩」をすることによって逆にともにかけがえのない祖母であり孫であることを知り、一層の強い愛によって結ばれて行くのである。この祖母と直哉との強く深い愛がこの作品『或る朝』の背景となっているのである。信太郎の涙は直哉の涙であり、信太郎の味わったすがすがしい気分は直哉の味わったものだったのだ。だが、作品と作者の私生活とがいかに密着していても、けっして作品に描き出された世界が作者の実生活であり、実体験であるとみなすのは危険である。実生活、実体験の一面を切断して作品に描出するまでには、作者の観察の眼と観照を経てきているのであるから。それゆえ「或る朝」に描き出されている世界が、直哉が実際に体験した世界そのままと見なしてはならない。ただ、ほぼ似かよった体験はしていることと思われる。そして、作中と似かよった体験を基《もと》にしながら、いかに作品に表わしたような世界を再構成したかに作家の姿勢——創作態度がうかがえるのである。

この作品に限っていえば、考えうることは、この法事の朝の喧嘩には描写された以上に言葉のやりとりがあったと思われることである。それを最小限度の描写にとどめ、しかも祖母の言葉を標準語にしたりなまりをつけたりしてリズムを持たせている。信太郎と祖母の会話はどれも短いものばかりで、その短さの中にも最初は長く、喧嘩ごしになると短く、仲なおりをすると長くというように、長短をつけて心の動きの緩急を表現している。ここに作者の実体験をふまえて、現実をより生き生きと再構成するための取捨選択があったのである。そしてこの構成を少しく図式的に眺めてみると、祖母と信太郎との対立、葛藤《かっとう》、和解、調和という四段にわかれ、この短編ががっしりとした骨組みになっていることがわかる。まず法事の前の晩に遅くまで本を読んでいる信太郎に祖母が注意することから、翌朝の対立の伏線がおかれる。朝になって祖母と信太郎が対立する。そして信太郎の心中での葛藤は、一時旅行に出かけて祖母を心配させてやれとまで考えさせる。しかしなにげない祖母のおだやかな言動に信太郎の心もなごみ、心の中の暗闘は消え去り、表面だったものではなかったが心の中での和解ができる。信太郎の頬にあふれた自然の涙が、さっぱりした気分を信太郎の胸に持ちはこんできて、調和の世界に入るという四段の展開である。この四段形式は後の志賀直哉の作品「和解」、「暗夜行路」という代表作につながるもので、彼の作品構成の一大特長をなすものだが、この意味からも、この「或る朝」が作家志賀直哉にとって、はじめて創作する「要領」を得た作品だったことがよく理解できるのである。

この作品について、後年彼は次のように述べている。

『或る朝』は二十七歳*の正月十三日亡祖父の三回忌の午後、その朝の出来事を書いたもので、これを私の処女作といつていいかも知れない。私はそれまでも小説を始終書かうとしてゐたが、一度もまとまらなかつた。筋は出来てゐて、書くとものにならない。一気に書くと骨ばかりの荒つぽいものになり、ゆつくり書くと瑣末《さまつ》な事柄に筆が走り、まとまらなかつた。所が、「或る朝」は内容も簡単なものではあるが、案外楽に出来上り、初めて小説が書けたといふやうな気がした。それが二十七歳の時だから、今から思へば遅れてゐたものだ。こんなものから多少書く要領が分つて来た。(「創作余談」)

* 作者の記憶違いであろう。実際は、明治四十一年一月、数え年二十六歳の時である。

処女短編集『留女』

処女短編集『留女《るめ》』は、大正二（一九一三）年一月洛陽堂より出版した。志賀直哉は、この本を出版するために資金のことで父と衝突し、その結果家を出て尾道で一人暮らしをすることとなったのである。この本を出版するについて彼は、なみなみならぬ熱意を持ち、里見弴や三浦直介らの友人たちの協力を得て、ようやく出版にこぎつけることができたのであった。表題を『留女』と名づけたのは、彼に暖かい愛情を注いで育ててくれた祖母の名前をとったのである。

「祖母の為に」

この短編集には、「祖母の為に」、「鳥尾の病気」、「剃刀《かみそり》」、「彼と六つ上の女」、「老人」、「襖《ふすま》」、「母の死と新しい母」、「クローディアスの日記」、「正義派」、「濁った頭」の十編の作品が収められているが、「最初の著書を祖母上に捧ぐ」という献辞に続いて、巻頭に「祖母の為に」（明治四十五年一月号『白樺』）を出したのは、やはり祖母への彼の愛情の表われであろう。

「祖母の為に」という作品は、自《みず》ら「これは病的で、如何にも空想的に見られるものかも知れない。然し当時の私では少しも潤色しない事実の記録であつた」（「創作余談」）と述べているように、小説というよりは彼の祖母の健康に対する病的なまでの心配や不安を描いた記録なのである。

あらすじ

すべての友達が自分に敵意を持っていると思い込み、堪えられない孤独と腹立たしさを感ずると私は必ず祖母を思う。「何と言ってももう祖母だけだ」と思う。祖父が死の床に伏していた時、祖母は死に物狂いの力で看病した。「私」は、祖父を尊敬し愛しもしたが、看病疲れのために祖父の死と同時に、祖母の死も訪れるのではないかとそれを恐れてばかりいた。祖父が息をひきとった時、近所の「白っ児」の経営する葬儀社がいち早く駆けつけて、葬儀の依頼を当社にと願いでてきた。そのあまりの早さに驚き、いやな感じを「私」は受けた。この時の「白っ児」の印象は、ずいぶん後《のち》まで心に残り「私」を悩ませたのだった。

祖父の死後二年ほどして祖母は、「私」が家に騒ぎを起こしたことから心配のあまり倒れて病に伏してしまった。「私」は祖母が死ぬのではないかと心配と恐ろしさに悩まされ続けた。「私」を幼い時から育ててくれた祖母は、気性の烈しさのためにしばしば私と衝突することがあったが、それは、私と祖母との結びつきを強めるのに役立つばかりであった。その祖母が病で寝ついたために私は不安でしようがなかった。時には実に不気味な夢をみて悩まされたりした。私の心には、「白っ児」の姿があざやかによみがえってくるのだった。私は、「白っ児」が死神のように思えるのだった。「白っ児」をなんとかしなければならない、「白っ児」から祖母を守らなけ

処女短編集『留女』

ればならない、という気がしてきた。すると「私」の呪《のろい》にも似た「白っ児」への憎悪《ぞうお》が通じたのか、祖母は少しずつ元気をとりもどしてきたが、それと同時に、どうも「白っ児」が死んでしまったような気がしてきた。往来でよく見かけた「白っ児」の姿がまったく見えなくなったからである。そして祖母はますます元気を回復してきた。「白っ児」の死、それには何かの意味で自分が原因になっていそうな気がしながらも、矛盾なしに「私」は喜ぶことができた。うれしくてうれしくてならなかった。

鑑賞

作家志賀直哉の強固な自我は、その形成過程において祖母の溺愛《できあい》に育《はぐく》まれたのだということがよくいわれる。祖母の愛に甘え、わがままを押し通して来たという幼時からの生活体験の中から、彼の強固な自我というものが生まれてきたのだと。祖母の存在が志賀直哉の人間形成に大きな影響を与えたということは「行路編」でも述べた。その祖母と彼との結びつきをこの作品によく説明しているのである。祖母が病で倒れてから続く不安な気持ちは、後の作品「和解」の中にも描かれているものである。しかしその不安が、ここでは病的なまでの神経作用のおよぼした不安になっている。「白っ児」が死神のように思えたり、死んだと思って喜ぶところなどは病的である。この作品が書かれたのは、明治四十四（一九一一）年十二月で、このころの作品には他にも非常に神経のとがった病的な作品がある。「剃刀」や「濁った頭」などはその好例である。これを書いたころの志賀直哉は、父との衝突からくる精神的にいらいらした不安定な気分に悩まされ続けていたのである。この作品がそれを裏書きするようなものであるが、しかし彼は後年そのころの作品を回顧して、次のように述べているのである。

今から見れば自身も病的であつた。近頃は段々に病的といふ事に興味が薄くなつたが、病的といふ事は飛躍であり、正気《しようき》では感ぜられないもの、又正気では現せないものを、此飛躍で現す場合があるので、それを否定はしてゐない。(「創作余談」)

「病的」であるということは、かえって見えないものを直感することがあると肯定しているのである。この作品が「病的」なものであっても、けっして暗く陰微な感じを受けないのは、祖母に向けた深い愛情がその背景となっているためである。

「母の死と新しい母」

直哉は数え年十三歳で生母を失った。そしてまもなく新しい母を迎えた。作品「母の死と新しい母」は、この時に感じた悲しみや喜びを後年(明治四十五年一月)追憶しながら描いたものだった。この作品のあらすじは、「行路編」で述べたのでここでは省略する。直哉はこの作品について自《みずか》ら説明している。

少年時代の追憶をありのままに書いた。一ト晩で素直に書けた。小説中の自分がセンチメンタルでありながら、書き方はセンチメンタルにならなかつた。此点を好んでゐる。他人から自分の作品中何を好むかと訊かれた場合、私はよく此短篇をあげた。(「創作余談」)

彼がこの作品に愛着を持つのは、「素直に書けた」ことだけではなく、生母の思い出がつづられたことにもその理由があろう。直哉にとっては、三十三歳の若さでこの世を去った生母の面影は永遠に思慕する対象だったのかも知れない。年を経るにしたがって生母のあわれさを感じて、心を通わせた作品を描いているのである。「母の死と足袋《たび》の記憶」では、生母の死の場面をほとんど「母の死と新しい母」から引用しながら、彼にとって母をこまらせた唯一の鮮明な記憶を描いている。

それは、母が死ぬ半年か一年半程前のできごとだつた。夕食前の忙しい時に自分のいるところへ足袋を持ってきてくれた母が、自分が黙つているので気軽に「ハイ」といつて自分の頭に足袋をのせて行つた。自分は急に腹を立てた。直ぐ母を追ひかけて行つた。そして「失敬だ」と云つて怒つた。自分はしつこくそれを繰返してからだで突掛かつて行つた。気の弱い母は当惑して淋しい顔をしてゐた。然し自分は却々《なかなか》承知しなかつた。

ずツと後《あと》になつて自分は、自分が祖母の愛に増長して我儘で困ると母がよく泣いたと云ふことを父から聴いた。それによると母を困らした事は毎々だつた。然し何も覚えてゐない。只足袋の事だけが頭に残つた。自分は其時の母の気持を想像して、さぞ淋しかつたらうと思つた。

青山は学校からの帰途《かえり》、僅かの廻りだつたので、時時墓参りをした。そして足袋の事をよく憶ひ出した。自分は墓の下に向かつて其度、心であやまつた。

これで「母の死と足袋の記憶」のあらすじは理解できたと思う。この作品の終末で「淋しかつたらう」と思い、墓の前で「あやまる」姿は、人間の宿命にも似た哀愁を読む者に感じさせる。子が母の心を思いやることができた時は、すでにその母はなき人となっているのである。この心の思いやりは、後年七十四歳の高齢に達した時も再び描き出されるのである。「白い線」(昭和三十一年三月号『世界』に発表)がそれである。

「母の死と新しい母」に描いたものは、やはり「今読んで見ると、如何にも手薄で、本統の事がよく分らずに小説にしてゐる」と思ったために、「殆ど母の記憶といふ程のものはない」いま、一つの記憶をたよりに再び生母のことについて書いたものがこの「白い線」という作品であった。その記憶というのは、「母の足のふくらはぎに白い太い線のあつた事」でこの「白い線で漸くはつきり母を憶ひ出す事ができるのである」。そして我が子である自分を祖父母の手にとりあげられて、「女として母親らしい感情に満される事なしに死んだ」生母を「私は実に気の毒な女だつたといふ事が近頃切《しき》りに想はれるのだ」った。

まだ分別のつかぬ年齢で母を失ってからの直哉は、「母といふ言葉に対して自分は、此上もなく弱い心を持つている」のであった。この弱い心は、母の姿を追憶させ、そして前掲の作品を描き出させることとなったのである。「母の死と新しい母」はそれらの作品の中でも早く書かれたこともあってか、他の作品に比べ非常に生き生きとした少年の姿が描かれている。

新しい母を迎えた翌朝、少年が顔を洗うところで、「私は縁側の簀子《すのこ》で顔を洗つたが、毎時《いつも》やるやうに手で洟《はな》が何となくかめなかつた」という個《か》所や、その少年が昨夜母が忘れたハンケチを母に届けて「ありがとう」と初めて声をかけられたところで、「渡すと私は縁側を片足で一度づつ跳ぶ馳け方をして書生部屋に来た。書生部屋に別に用があつたのでもなかつたが」という個所は、特に名描写として広く世に知られているところである。ここには少年の心理状態を説明する形容詞は全くなく、ただ少年の動作だけを写していながら、それでいて少年の心の喜びあふれる状態や、新しい母を迎えた翌朝の一家の気分をもみごとに浮き彫りさせているのである。広津和郎が次のような賛辞を贈っているのもうなずけるのである。

志賀氏は今まで誰もが気がつかなかつた、或はたとひ気がついても注意を払はなかつたところのものに、事物の急所を見た。それまでの大概の作家が不必要として捨ててしまつたところの極めて些細なものを拾つて来て、それに重大な役割を巧みに割り当てた。（中略）氏の作物の随所に、些細なものによつて全体を活躍させる驚くべき技巧が光つてゐる。単に描写の腕といふ点から云つても、氏は最も独創に富んだ得難き芸術家である。（『志賀直哉論』）

妙な偶然

直哉は、いくつかの奇妙な偶然を体験しているが、その一つが彼の日記に書かれてある。

新聞に隣の大島氏の三男が剃刀で自殺したと出てゐる、それは廿六日の午前二時頃といふ事だ、廿五日の十二時頃寝た自分は一時頃如何にして剃刀で若者を殺すべきかを考へてゐた時である、其時、隣では此人は如何にして剃刀で自ら殺すべきかを考へてゐた時ではなかつたらうか。（明治四十三年四月二十八日の日記）

彼はこの奇妙な偶然、自分が小説の主人公が客の若者ののどをいかにして切るかという場面をしきりに考えていたとほぼ同時刻に、垣一重隣りの人がやはり剃刀《かみそり》でのどを切って自殺を遂げたという偶然を不思議に思った。この奇妙な偶然を知ったのは、作品「剃刀」を書きあげた後であったが、この話は、作品「剃刀」のもつ迫力を増させるような逸話だった。

「剃刀」のあらすじ

麻布《あざぶ》六本木に店をかまえている辰床《たつどこ》は、前の親方に腕を見込まれて代を引き継いだ芳三郎が今の主《あるじ》だった。芳三郎は剃刀を使うことにかけては実に名人だった。しかも、癇《かん》の強い男で撫《な》でて見て少しでもざらつけば、毛を一本一本押し出すようにして剃《そ》らねば気がすまなかった。それでも膚《はだ》を荒らすようなことは決してないのである。彼は十年間、間違いにも客の顔に傷をつけたことがないというのを自慢にしていた。そのような腕自慢の彼が、時もあろうに秋季皇霊祭を数日に控えた店の忙しい盛りに、風邪のため、めずらしく床についてしまった。店はこのため、まだたよりにならない二人の雇い人がきりもりしなければならなかった。芳三郎は熱で苦しい身体を横たえながら床の中で一人いらいらしていた。

昼に近づくにつれて客がたて混んできたが、そのうちの一人から剃刀を砥《と》いでもらいたいという頼みがきた。しかも特に芳三郎にやってもらいたいと念を押して行った。芳三郎は気分のよくなるのを見はからって砥ぎ出したが、あまりよく砥げなかった。そして夕方、一度依頼主の手にその剃刀は渡ったが、よく切れないとのことで再び芳三郎のところへもどってきた。夜食を終え一寝入りした後、彼は熱心に再びこの剃刀を砥ぎ出した。そのとき景気よくガラス戸を開け、「ザッとでよござんすが、一つ大急ぎであたつておくんなさい」と、いかにもイキがっているが、調子は田舎者《いなかもの》の若者がはいってきた。芳三郎は下司張《げすば》った小男のこの若者にいやな感じをうけた。妻がとめるのもかえりみずに、砥いでいた剃刀で切れ味をためすかのように剃り始めた。どうも思うように剃れない。それに、俯向《うつむ》くと水洟《みずばな》がたれてくる。切れない剃刀で剃られている若者は平気な顔をしている。痛くも痒《かゆ》くもないという風である。その無神経さが芳三郎には無闇《むやみ》と癪《しゃく》にさわった。それでも少しでもざらつけば、そこにこだわらずにいられずに彼はいつしか丁寧になった。そのうちからだも気も疲れて来た。熱も大分出てきた。いらいらして怒りたかった気分が、夜が更《ふ》け内も外も全く静かになるにつれて、泣きたいような気分になった。今はもういてもたってもいられなかった。もうよそうと彼は何遍思ったか知れない。しかし惰性的に依然こだわっていた。

刃がチョッとひっかかる。若者ののどがピクッと動いた。ジッと淡い紅がにじむとみるみる血が盛り上がってきた。そしてスイと一筋流れた。芳三郎のからだの中を何か早いものが通り抜け、それまでの倦怠《けんたい》と疲労とを取って行ってしまった。このとき彼には一種の荒々しい感情が起こった。かつて客の顔を傷つけたことのなかった芳三郎には、この感情が非常な強さで迫って来た。呼吸はしだいにせわしくなる。彼の全身全霊はまったく傷に吸い込まれたように見えた。今はどうにもそれに打ち克つことができなくなった。彼は剃刀を逆手《さかて》に持ちかえるといきなりぐいとのどをやった。刃がすっかり隠れるほどに。若者は身もだえもしなかった。

すべての緊張は一時に緩み、同時に極度の疲労が芳三郎を襲った。夜は死人のように静まりかえった。すべての物は深い眠りに陥った。ただ独り鏡だけが三方から冷やかにこの光景を眺めていた。

鑑賞

この作品は、明治四十三(一九一〇)年六月号『白樺』に掲載された。「床屋で恐らく誰もが感ずるだらう強迫観念から作り上げたもの」(「創作余談」)と作者自《みずか》ら言うこの作品は、繊細な神経が作用するきわだった鋭敏な感覚を描き出したものである。おそらく作者自身も感じたのであろう「強迫観念」が芳三郎の充実した鋭敏な感覚にそのまま移行し、作者自身と芳三郎との神経作用が重なりあってこの作品を迫力あるものとしたのだった。

この作品を書いたころの直哉は、すでに述べたように不安定な気分の中に生活していた時だった。それだけに病的なまでの神経作用の世界を描出できたのかも知れない。しかしこの作品において、神経作用が構成上で欠くべからざるものであったし、作者自身の生活の背景からもこの世界を描き出す可能性は認められたが、この作品の完成には、やはり作者の冷徹なまでの理知が必要だったのである。「誰もが感ずるだらう強迫観念」は、けっしてだれもが描き出せるものではなかったのである。店の忙しさ、熱からくる精神のいらだち、若者のいやらしさ、などがたたみこまれるようにして描かれ、そして最後の悲劇に達するという過程がよどみなく構成されているが、ここにはやはり作者の理知が働いているのである。しかも読者が最後の悲劇をなぜか肯定せずにはいられなくなるように、種々な要因が説得力を持って構成されているのである。そして読者を説得するこの悲劇の大きな要因として芳三郎の最後の行為にはまったく意志の働きがなく、ただ彼の感情的潔癖さが若者を殺させたというようにしたことである。ここに読者はこの悲劇の真の姿を見て説得されてしまうのである。

芳三郎の感情的潔癖さは志賀直哉にも通ずるところがあり、彼の倫理観は、この感情的潔癖さを基としているのである。このことは少しく志賀文学に接すれば理解できることである。

『正義派』の背景

「車夫の話から材料を得て書いたもの」というこの作品は、短編集『留女』の中でも一番新しい作品で、大正元（一九一二）年八月二十五日に書きあげられたものだった。この作品を書きあげる半月ほど前の八月十日に「大津順吉」が擱筆された。この「大津順吉」は翌月の『中央公論』に掲載され、彼としては初めての原稿料百円を得た。これは彼にとって非常な喜びであった。また祖母をはじめとして家中のもの皆が喜んでくれたのだったが、父だけはこのことにあまり関心を示してくれなかった。この時彼は淋しい腹立たしい感じを持った。十月に入って処女短編集『留女』の出版を思いたった彼は、父に資金のことを頼んだ。ところがこれがもとで父と激しく衝突してしまい、結局家を出て単身尾道に赴く結果となってしまった。急激な生活の変化がこの作品「正義派」を書いた時の前途には横たわっていたのである。しかも、この作品を書きあげたのは些細《ささい》なことで怒り、その腹立たしさにいきおいを得て夜明かしをして書きあげたのだった。この怒った時に彼は、もうすでに「自分は別居とか外国行きとかを思つた」とも言っているのである。こんなに気持ちの落ち着かぬ不安定な気分の中にあって「正義派」は書きあげられたのである。それでもこの作品にはいらだった気分の影響はどこにもみられず、かえってそれとは逆の心暖まる世界が描き出されているのである。

あらすじ

ある夕方、日本橋の方から永代橋を渡って来た電車が母親に連れられた五つばかりの女の子を轢《ひ》き殺した。その時近くで働いていた線路工夫がこの事故を目撃していた。子どもが轢かれた現場はただちに人だかりがして大きな輪ができあがった。どこからともなく巡査がきた。電車の監督もやってきた。監督は運転手に「兎も角もナ、警察へ行つたら落着いてハッキリと事実を言ふんだ。いいか？　電気ブレーキで間に合はず、救助網が落ちなかつたと言えば、まあ言はば過失より災難だからナ。仕方がない」「其所の所はハッキリ申し立てんと、示談の場合大変関係して来るからナ」と言った。このとき、不意に人だかりの中から「そら使つてやがらあ」と高い声でさっきの線路工夫の一人が言った。警部や警察医がやって来て形式だけの取り調べをし、結局警察署へ行くこととなった。運転手のほかに、この事故を目撃した証人として先程の線路工夫の三人が行くこととなった。

警察での審問は長くかかった。運転手は女の児が車のすぐ前に飛び込んで来たので、電気ブレーキでも間にあわなかったと申し立てた。工夫たちはそれを否定して、車と子どもとの間にはカナリの距離があったのだから、すぐブレーキを掛けさえすればけっして殺すはずはなかったのだと言った。

工夫たちは審問を終えて警察から明るい夜の町へ出ると何がなしに晴れ晴れした気持ちになって、目的もなく自然急ぎ足になった。彼らの心には一種の愉快な興奮があった。何かをしゃべっていたくてしようがなかった。一人が、「いつまでいつたつて、悪い方は悪いんだ」と言うと、もう一人は、「監督の野郎途々寄つて来て言いやがる―『ナア君、出来た事は仕方がない。君等も会社の仕事で飯を食つてる人間だ』エエ？　俺、余つ程警部の前で素つ破ぬいてやろうかと思つたつけ」としゃべった。しかし彼らの興奮した心とは関係なく夜の町は少しも変わったところはなかった。それが彼らにはなんとなく物足らない感じがした。愉快な興奮が徐々にさめて行く不快を彼らは感じた。そしてそのかわりに報いらるべきものの報いられない不満を感じた。彼らは引っきりなしに何かしゃべらずにはいられなかった。「悪くすりゃ明日ッから暫くは食ひはぐれもんだぜ」と年かさの男は言った。「それに決つてらあ」ともう一人が言うと「なんせえ一杯やらうぜ」と彼らは言って茅場町《かやばちょう》の牛肉屋にあがった。そこの女中たちは先程の事故のことを知っていて大勢が彼ら三人の所に集まってきて彼らの話に耳を傾けた。彼らが警察を出てから何かしら感じていた不満もようやく満たされた心持ちがした。しかしそれは長いことではなかった。彼らの話が尽きると女中は皆去って行ってしまった。再び彼らは不満な腹立たしい心持ちに帰って行った。一人が「俺はもう帰るぜ」と言い出すと、年かさの工夫は、「馬鹿野郎、こんな胸くその悪い時に自家《うち》で眠れるかい」とぶつけるように言った。だが一人の工夫は逃げるようにして帰って行き、残された二人は烈しく酔いながら牛肉屋の店を出て俥《くるま》で近くの遊廓へ遊びに向かった。俥が昼間の事故のあった所にさしかかると年かさの男は「オイ此処《ここ》だな、一寸《ちょっと》降してくれ」と言いながらいつの間にかすすり泣いていた。それでも俥はいきおいを増してそのまま走った。年かさの男はもう降りようとはしなかった。そしてまた泥よけに突っ伏すと声を出して泣き出した。

「正義の支持者といふ誇を自ら段々誇張さして行つて、しかもそれが報いられない所から来る淋しさを主題とした」（「創作余談」）とこの作品の主題が説明されてある。

鑑賞

志賀文学についての発言を耳にする時、志賀直哉の事物を見る透徹した眼というものがよく論じられるのを聞く。「氏の作物の基調には、人間生活に対して一時もゆるがせにしない厳粛な氏の眼が光つてゐる」（広津和郎『志賀直哉論』）という一文もその一つの例である。すなわち志賀直哉の事物を見る眼には、何らのくもりもゆがみもなく見るべきものはちゃんと見ていると同時に人の気のつかぬところをもゆるがせにせずに見ていると言われるのである。この作品「正義派」においても三人の線路工夫が正義の支持者として自任することからくる興奮と、その興奮が過ぎ去った後の彼らのうつろで満たされぬみじめな気持ちというものを作者はちゃんと見ぬいているのである。工夫たちが審問を終えて警察の門を出たところが、「明るい夜の町へ出ると彼等は何がなし、晴れ晴れした心持になつて、これといふ目的もなく自然急ぎ足で歩いた。そして彼等は何か知れぬ一種の愉快な興奮が互の心に通ひ合つてゐるのを感じた」と描写される。正義の支持者と自覚することからくる三人の興奮が非常な高まりを見せて行くのがよくわかる。ところが次の瞬間には、「然し夜の町は常と少しも変わつた所はなかつた。それが彼等には何となく物足らない感じがした。背後《うしろ》から来た俥が突然叱声を残して行き過ぎる。そんな事でも其時の彼等には不当な侮辱ででもある様に感ぜられたのである。歩いてゐる内に彼等は段々に愉快な興奮の褪《さ》めて行く不快を感じた」とあるように、高潮した興奮をなんら満たすことのできぬ外界の世界のたたずまいに不快を感ずる彼らの心理がみごとに描かれている。作者の眼はくるいなく、工夫たちの心を見ぬきながらそれを適確に簡潔に描出しているのである。しかも作者は、この工夫たちの心を嘲笑的《ちょうしょう》に見てはいないのである。むしろこの「正義派」を自任した工夫たちに暖かい思いやりを寄せているのだ。ここに作者志賀直哉が冷徹で鋭敏な眼を持っていると同時に、「清浄でむき」な暖かい心の持ち主だったことが知られるのである。

清兵衛と瓢簞《ひょうたん》

背景

直哉の青年期における一大精神課題であった父直温との不和は、彼の文学作品に色濃くその影を落としている。いつとはなしに、むしろ自然と形成された父との深いみぞは、幾多の表面だった激しい衝突によってますますその深みを増していった。彼は強迫観念にも似た精神的抑圧を感じつつ苦しい毎日を送らなければならなかった。この苦しみから彼は逃れるかのように、一つの衝突をきっかけに家を出て単身尾道に向かい、そこで生活を送ることとなった。そしてこの町で得た題材を生かして書きあげられたのが、この作品「清兵衛と瓢簞」である。

作者は、この作品について次のように述べている。

「清兵衛と瓢簞」これはこれに似た話を尾《お》の道《みち》から四国へ渡る汽船の中で人がしてゐるのを聴き、書く気になつた。材料はさうだが、書く動機は自分が小説を書く事に甚だ不満であつた父への私の不服で、中に馬琴《ばきん》の瓢簞といふのが出て来るが、事実では山陽《さんよう》の瓢簞なのを何故さう変へたかといふと、尾の道へ来る前、父が「小説などを書いてゐて、全体どういふ人間になるつもりだ」といつた時、「馬琴でも小説家です。然しあんなのは極く下らない小説家です」こんな事を私は云つた。父が馬琴好きでよく「八犬伝《はつけんでん》」を読んでゐるのを知つてゐたからで、かういつた私は実は馬琴の小説は團十郎《だんじふらう》の円塚山《まるづかやま》を見た折にその条《くだり》だけ読んだほかは全然知らないのだ。(「創作余談」)

今、ここで作者が言う船中で聞いた話とはどのようなものだったかを知ることはできない。しかしその話を作品に完成させるにはどうしても作者自身の内面的な燃焼——作品を書きあげようとする強力な動機——が必要であった。それがとりもなおさず作者の父に対する不満だったのである。父への不満が尾道行きとなり、尾道での苦しい毎日は、父との心の中での暗闘の日々だったのだ。この作品の背景を流れているものが実は作者の父との苦しい暗闘だったことがここで理解できる。そしてそれだけに、船中でそれとなく耳にした話を生彩ある作品にまで完成しえたのであった。

あらすじ　清兵衛が瓢簞に凝《こ》ったのは、まだ十二歳で小学校に通っている時だった。彼は町を歩きまわって、気に入った瓢簞を買って来ると、寝食も忘れてそれを磨いた。彼は古瓢《こひょう》にはあまり興味を持たなかった。まだ口も切っていないような皮つきに興味を持っていた。しかも彼の持っている十ほどの瓢《ひさご》は、大方いわゆる瓢簞形の割に平凡な恰好《かっこう》をしたものばかりであった。両親は、この清兵衛の凝りようの烈しさを知っていて、困ったことだとは思いながらも、とりたてて小言《こごと》を言わなかった。

ある日、大工をしている彼の父を訪《たず》ねて来た客が、「清公《せいこう》。そんな面白うないのばかり、えつと持つとつてもあかんぜ。もちつと奇抜《きばつ》なんを買はんかいな」と傍で清兵衛が熱心に磨いているのを見ながら言った。

父はそれに答えるかのように、「此春の品評会に参考品で出ちよつた馬琴《ばきん》の瓢箪と言う奴は素晴しいもんぢやつたなう」と言った。「えらい大けえ瓢ぢやつたけなう」、「大けえし、大分長かつた」

こんな話を聞きながら清兵衛は心で笑っていた。そして、「あの瓢はわしには面白うなかつた。かさ張つとるだけぢや」と彼は口を入れた。父はこれを聞いて目を丸くして怒った。「何ぢや。わかりもせん癖して、黙つとれ！」清兵衛は黙ってしまった。こんなことがあってしばらくしたある日、清兵衛は裏通りを歩いていると見なれない場所で仕舞屋《しもたや》の格子先に干柿や蜜柑といっしょに二十ばかりの瓢箪を下げて店を出している婆さんを発見した。彼は、「ちよつと、見せてつかあせえな」と寄って瓢を一つ一つ見た。その中の一つに彼がふるいつきたいほどにいいのがあった。彼は、その値段が十銭と聞くと急いで家に帰り金を持って引き返してくるとすぐにそれを買い求め、また走って帰って行った。彼はそれからその瓢が離せなくなった。学校に持って行ってしまいには時間中でも机の下でそれを磨いた。受持ちの教員がこれを見つけてしまった。彼はひどく怒られ、その上瓢も取り上げられてしまった。彼は青い顔をして家へ帰ると炬燵《こたつ》に入ってただぼんやりとしていた。そこへ教員が訪ねてきた。父が留守だったので母に向かって「かう言ふ事は全体家庭で取り締つて頂くべきで……」と食ってかかるように怒った。母はただ恐縮していたが、清兵衛はその教員の執念《しゅうねん》深さが急に恐ろしくなって、唇《くちびる》を震わせながら部屋の隅で小さくなっていた。さんざん小言を並べて教員が帰って行くと間もなく父が仕事場から帰ってきた。この話を聞いた父は、側にいた清兵衛を捕えて撲《なぐ》りつけ、「将来迚《とて》も見込のない奴だ」「もう貴様のやうな奴は出て行け」と言った。そして柱に下がっている瓢に気づくと、玄能《げんのう》を持ってきて、それを一つ一つ割ってしまった。

一方、教員は、清兵衛から取り上げた瓢簞を穢《けが》れたものを捨てるようにして年寄った学校の小使にやってしまった。二月ほど経《た》ってわずかの金に困った小使は、ふとその瓢簞をいくらでもいいから売ってやろうと骨董屋《こっとうや》に持って行った。そしていろいろ取り引きした結果、五十円で売ることができた。小使は驚きながらもひそかに喜んだ。しかしその瓢簞が骨董屋の手によって地方の豪家に六百円で売られたことまでは、清兵衛父子はもとより教師も小使も知らなかったし、想像もできなかった。

清兵衛は今は絵を描くことに熱中している。しかし彼の父は、もうそろそろ彼の絵を描くことにも小言を言い出してきた。

鑑　賞

この作品は、大正元（一九一二）年十二月に書かれ翌二年一月一日の『読売新聞』に発表された。すでに述べたようにこの作品は、作者の父に対する不服が背景となって書かれたものであった。自分が進もうとする道、文学への道にまったく無理解だった父に自分の立場を明らかにしようとさえしたのである。清兵衛少年が瓢《ひさご》を愛《め》でる姿は、作者の文学へ注ぐ情熱の姿でもあった。また清兵衛少年が瓢簞に示した美意識は、そのまま作者の美意識――芸術観の現われでもある。

彼は古瓢《こひょう》には余り興味を持たなかつた。未だ口も切つてないやうな皮つきに興味を持つて居た。しかも彼の持つて居るのは大方所謂瓢簞形の、割に平凡な恰好をした物ばかりであつた。

志賀文学に描出される自然の姿は、自然の美しい姿をそのまま正確につかんで描き出されている。名画を見る思いがするといわれる志賀文学が、自然の姿を正確につかみ描き出すところのリアリティーにその生命があった。それだけに自然のままの美しい瓢の姿に興味を持った清兵衛少年の美意識が、そのまま作者の美意識でもあった。また、馬琴の瓢（作者は、滝沢馬琴の『南総里見八犬伝』を暗に示しているのである。）が長くて大きいばかりであまり興味のないものだというところに作者の文学観の一端を見ることもできるであろう。このように見てくると清兵衛少年の瓢を愛でる心が、ただ単に少年の気まぐれな出来心からくる一時の凝りようでなく、作者の芸術観に裏うちされた心であり行為であったがために、この作品が深みのあるものとなっていることが理解できるのである。しかし、この作品から父への不服と、作者の芸術観の一端をうかがうことができたにしても、この作品はまたユーモアのあるほほえましい世界をも、あわせ持っているのである。清兵衛少年が尾道の風物の中に出没し、そして裏通りでふるいつきたいような瓢を見いだしたところの描写などは、特に言い知れぬ笑いを感じるのである。

「これ何ぼかいな」と訊《き》いて見た。婆さんは「ばうさんぢやけえ、十銭にまけときやんせう」と答へた。彼は息をはずませながら、「そしたら、屹度《きっと》誰にも売らんといて、つかあせえなう。直ぐ銭《ぜに》持つて来やんすけえ」くどく、これを云つて走つて帰つて行つた。間もなく、赤い顔をしてハア〱いひながら還つて来ると、それを受け取つて又走つて帰つて行つた。

この場面は、非常に緊張した少年の心だけに、それが方言の言葉になごめられているだけに、すばらしいものを得た少年の天真爛漫《らんまん》な喜びの姿だけに、ほほえましく無類のユーモアがただよっているのである。また、瓢箪の形が持つ瓢逸《ひょういつ》なイメージが、尾道という素朴でのんきな町のイメージと同化して、高雅《こうが》な笑いも生まれているのである。しかも、赤い顔をしたり、青い顔をしたり、笑ったり、唇を震わせたり、はあはあいって走ったりする清兵衛少年に無上の親愛を感じ、顔をほころばせざるをえないのである。

それにしても、この作品を書いたころの作者の実生活は、父との苦しい暗闘の時期であった尾道時代であり、このようなユーモアの生まれる余裕はなかったはずである。しかもこの作品の創作動機が父に対する不服であってみれば、もっと鋭くとがった批判が清兵衛少年の父を代表とする周囲の大人《おとな》たちに向けられるはずである。それなのにこの作品は、親愛のこもったユーモアのあふれる世界が展開している。ここに作者の「向日性」とまた作家としての幅の広さを感ずることができるであろう。それに、清兵衛少年の父を代表とする無理解な大人たちを作者は、けっして否定的には描いていない。むしろ市井の人々の自然な人間性というものが肯定的に描き出されてさえいるのである。そして、この大人たちと比較して、あらゆる経験や体験にとぼしく、また知識も浅い少年にとっては、それだけ逆に物事の本質や、自然の根源的な美というものを何ものにもわずらわされることなく、素直に純粋に適確に感知できたのだというように展開されて行くのである。この作品は、少年の持つ情熱と素直な心——眼というものを失いつつある大人に、ふとそれを思い起こさせる力も持っている。

城の崎にて

作品「城の崎にて」の冒頭は、次のようになっている。

山の手線の電車に跳飛《はねと》ばされて怪我をした、其後養生《あとようじょう》に、一人で但馬《たじま》の城崎《きのさき》温泉へ出掛けた。

この「怪我」をしたできごとは、すでに「行路編」で述べたように実際のことだった。しかもこの「できごと」には奇《く》しくも「偶然」があった。それは「出来事」という作品を書きあげたことからはじまる。

「出来事」のあらすじ

夏の日盛りの午後だった。私の乗っている電車には、八、九人の乗客があったが、みな暑さのためにダルな気分になり、半睡の状態にあった。どうすることもできない暑さに悩み切っている乗客を乗せて電車は、依然としてもの倦《う》い響きを立てて走っていた。私も読みさしの雑誌を巻いていつしか何も考えなくなってしまった。あるダルな数分間が過ぎた。と突然、私は運転手の妙な叫び声で急に顔を上げた。そして今まさに電車の前を突き切ろうとする小さい男の子が眼に入った。運転手は大声で叫び急ブレーキを巻いた。しかしすでに遅く子どもの姿は電車の前に隠れると同時にガチャンと音がした。電車はそのままなお一間ほど進んだ。私はいたたまれない気持ちになった。と、しばらくして急に子どもの大きな泣き声が起こった。ほっとした私はその場に近寄って行った。人々が集まっていた。あの不機嫌な顔をしてうつらうつらとしていた乗客の若者が、何か罵《のの》りながら泣く子を抱き上げていた。子どもは尻《しり》を丸出しにした汗もだらけの醜《みにく》い顔をしていたが、ただむやみと大きな声で泣きわめいていた。車掌はひと通りていねいに調べてから、「かすり傷もありません。大丈夫、大丈夫」と言った。運転手は、またうまく網へ乗っかったもんだと言い、小役人風の乗客もそれに合槌《あいづち》をうった。子どもは若者に抱かれていたが、いつの間にか小便をしていた。若者のシャツはぐっしょりとぬれてしまった。まわりの人々は、いままでの緊張から解放されたかのようにどっと笑った。

再び車内にもどった乗客たちは、動き出した電車の中で今のできごとを話しあっていた。できごとの前までの雰囲気《ふんい》とはまったく違ってしまった。若者の先刻までの気の立ったような恐ろしい表情は消えて、善良な気持ちのいい、生き生きとした顔になっていた。そしてまた、暑さにめげて半睡の状態にいた乗客は、みな生き生きとした顔付きに変わっていた。私の心も今は快い興奮を楽しんでいる。

鑑　賞

作者は、ここに描かれたできごとを目撃した。そのことは彼の日記が物語っている。大正二(一九一三)年七月二十六日の日記に、「子供が電車にヒカレかゝつた(出来事)」と書いている。この二日後の二十八日には『出来事』を少し書いた」と記してあり、翌月の八月十五日に書き上げたとある。また「創作余談」には、『出来事』これは自身で目撃した事実を殆どそのまま書いた」と述べられてある。自身が目撃したできごと——子どもの生命が、偶然にも助かったというできごとを作品化した作者の心には、この作品のテーマにつながる創作動機があった。彼は自《みずか》らそれを述べている。

直接な感情——子供が電車に轢かれかけて助かつたといふ喜び——或時は一時の驚きと、亢奮から喧嘩もするが、結局、皆《みんな》子供が死を免れた事を喜んでゐる、その善良さに好意を感じ、此小説を書く気になつた。(「創作余談」)

この作品の読後感が、あるさわやかさを伴ったすがすがしい感動であるのは、子どが死を免れたことをすなおに喜んでいる人々の善良さと好意が感じられるからである。

夏の午後の陽が照りつける中をいかにもものうく走る電車の中の世界。そこには、生活も環境も違えば性格も違う互いに未知の乗客がいる。ただこのぐったりとしたものうい気分はだれの心にも支配していた。しかし不意に起こった「出来事」で、いままでのものうい半睡の状態からいっきょに「生き〱」とした状態に車内の空気は変わる。この変化が非常に対照的に描かれ、それだけに子どもの生命が助かったという一点で、すべての乗客の喜びが高まったことに迫真力を加えているのである。そしてこの迫真力にこそ人々の持つ善良さと好意とが説得されてしまうのである。志賀直哉の筆は、この短時間中に起こった一つの「出来事」を適確に描写し表現して、すがすがしい感動を与える作品をなしたのだった。

志賀文学には、すでに述べたように作者の暖かい心——いいかえれば「人間的親愛」が作品の底を流れていて、それが基調となっている作品がほとんどであるが、この「出来事」もそれをよく表わした作品なのである。

城崎へ

作品「出来事」を書きあげたのは、書き始めてから半月ほどのちの大正二年八月十五日であった。その日の日記には次のようなことが書かれてある。

「出来事」の了《しま》ひを書き直して出来上つてひるね、伊吾（注、里見弴）来る。起きてそれを読む。将棋をする、晩、散歩に出る、芝浦の埋立地へ行く、水泳を見、素人相撲を見物して、帰り山の手線の電車に、後ろから衝突され、頭をきり背を打つた。

これはまったく奇《く》しき偶然だった。志賀自身後年このことを次のように回想している。

東京病院に暫く入院し、危《あやふ》い所を助かつた。電車で怪我をし、しかも幸に一生《いっしょう》を得た。此偶然を面白く感じた。此怪我の後の気持を書いたのが「城《き》の崎《さき》にて」である。（「創作余談」）

自分が目撃したできごとは、一瞬、子どもの死を予測したと同時に次の瞬間には助かったという事実であった。そして、子どもが死を免れたことをすなおに喜んだ人々の善良さに好意を感じた彼は、それを作品に表現した。ところがこの作品を書いた日の半日もたたぬ同じ日に、今度は我が身がこの「できごと」を実体験したのだった。幸いにも命をとりとめ、さほどの怪我《けが》をせずにすんだが、しかし志賀直哉は、ここで否《いや》応なく生と死の問題に直面せざるをえなくなった。彼の鋭敏な眼は、この生死の問題に視点がしぼられて現実の対象を追うようになって行った。後養生に出かけた城崎温泉での生活は、その彼がいだいた生死の問題を外界の対象の追究によって解決させて行く生活だった。

「城の崎にて」のあらすじ

山の手線の電車に跳《は》ね飛ばされて怪我《けが》をした自分は、その後養生に一人で但馬の城崎温泉へ出かけた。稲の取入れも始まる気候のよい時期だった。だれも話相手がいないので、本を読んだり書いたり、部屋でぼんやりしていたり、散歩したりの生活を送った。そして自分はよく怪我のことを考えた。一つ間違えば今ごろは、青山の土の下に寝ている所だったと思う。しかし今は、それがほんとうにいつか知れないような気がしてきた。それは淋しいが恐怖なしに感じた。自分の心には何かしら死に対する親しみが起こっていた。

ある朝、自分は一匹の蜂が玄関の屋根で死んでいるのを見つけた。他の蜂が忙しく立ち働いている姿がいかにも生きているという感じを与えたが、その傍に一匹、朝も昼も夕も見るたびに一つ所にまったく動かずに俯《うつ》向きに転《ころ》がっている蜂を見ると、それがまたいかにも死んだものという感じを与えるのだ。この蜂の死骸を見ることは、淋しかったが、しかしそれは、いかにも静かだった。

『城の崎にて』の舞台　城崎温泉

またある日、鼠《ねずみ》が一生懸命に死の運命から逃れようとあがきまわるようすを見た。首の所に魚串《うおぐし》を刺《さ》され、川の中に投げ込まれた鼠が懸命に泳いで逃げ、石垣へはい上がろうとしていた。岸や橋の上にいた二、三人の子どもと車夫がそれへ石を投げつけた。鼠の動作の表情には、一生懸命に逃げようとしていることがよくわかった。自分は鼠の最後を見る気がしなかった。死ぬにきまった運命を担いながら全力を尽して逃げまわっている鼠のようすが妙に頭につき、自分は、淋しいいやな気持ちになった。しかしあれがほんとうなのだと思った。自分が怪我をした時は、あの鼠と同じように助かるための方策を半分意識を失った状態の中でしていたのだ。だがどういうわけか、その時、死の恐怖に襲われなかったのは不思議だった。

またしばらくしたある夕方、自分は、散歩に静かな小川の流れる小高い山へ登って行った。すると、ふと傍の流れの中の石の上にいもりのいることに気がついた。自分は、そこにしゃがんで、いもりを驚かそうと思って傍の石を拾い上げて投げつけた。石はこツといって流れに落ちた。しばらくするといもりは動かなくなった。死んでしまったのだ。自分は、殺そうと思って石を投げたのではなかった。石があたったのは、まったくの偶然だった。いもりにとってはまったく不意の死であった。可哀想《かわいそう》にと思うと同時に、生き物の淋しさを感じた。自分は、偶然に死ななかった。いもりは、偶然に死んだ。死ななかった自分は、感謝しなければ済まないような気がした。しかし実際、喜びの感じは、沸き上がっては来なかった。生きていることと死んでしまっていることと、それは両極ではなかった。それほどに差はないような気がした。

直哉が電車に跳ね飛ばされて怪我をしたのは、大正二年八月十五日。そして城崎に赴いたのが同年十月十八日である。

鑑　賞

城崎での生活のようすは、多少日記にとどめられてあり、そのうちからこの作品に関係の深いところを引用してみると、次のようになる。

大正二年十月三十日、蜂の死と鼠の竹クシをさゝれて川へなげ込まれた話を書きかけてやめた。三十一日、これは次の日の夕方の事だつた。ずつと上の方まで歩いていつた。岩の上のやもりに石を投げたら丁度頭に当つて一寸尻尾を逆立てゝ横へ這つたぎりで死んで了つた、(夕方の山道の流れのわきで)

ここに記されてある小動物の生死を目撃し、これを題材として書かれた「城の崎にて」は大正六(一九一七)年四月に書きあげられ、翌月の『白樺』に発表された。ここで、題材をえた年月とそれが作品に完成された年月との間には、およそ三年半ほどの時の流れがあることがわかる。この三年半という期間は、いわゆる志賀直哉に幾回かめぐってきた創作休止期に当たりその最初のものだった。そしてこの休止期を破った最初の作品が、夏目漱石にディジケートした「佐々木の場合」(大正六年四月擱筆《かくひつ》)であり、これに続いて書かれたのが「城の崎にて」である。

すでに見てきたように、作品「出来事」には、子どもが助かったことをすなおに喜んだ人々の善良さと好意が描かれ、明るいさわやかな感動があった。しかし、「城の崎にて」には、小動物の生死の姿から「淋しい」が「静かな」感じを受けながら、「何かしら死に対する親しみ」が起こって来る気持ちが描かれ、しかも生と死とは、それほどの差はないという諦観《ていかん》に達した作者の心境が描き出されている。実生活では、「出来事」と「城の崎にて」は、ひと続きの体験でありながら、作品に現われた二作の世界には、作者の心境や作品の基調にあまりにもきわだった差がありすぎる。ここに創作休止期の年月の持つ意味がある。この期間の彼の生活は、波乱に満ちたものだった。負傷、入院、城崎行き、そして一度帰京の後、松江、京都、鎌倉、赤城山、我孫子と住居を変えて行った。この間には、康子夫人との結婚があり、初児の死などが続いている。しかもこの生活の背後には、陰に陽に、父直温との対立、葛藤《かっとう》があった。(「行路編」参照)

いらいらした不安定な生活、重苦しい父との対立という生活環境の中では、とうてい落ち着いた創作はできなかったし、まして「城の崎にて」のあの諦観の世界は生まれえないのだ。この世界に至るまでには、どうしても時の流れが必要だった。

やがてこの時の流れの中で、おも苦しい生活から徐々に落ち着いた静かな生活へと進んで行った。結婚生活に入って住居を赤城山に移したころから、少しずつ安定した気分が生まれてきたのだった。赤城から友人里見弴に送った手紙の中で、「憂鬱といふ事は活気の反対のやうだが、浮かれ気でゐる気分よりかどんなに気持がいい安固な気分だらう。僕は今表面には新婚者らしい浮かれ気分もあるが、その奥には静かな憂鬱がある。それに僕は望みを置いてゐる」(大正四年六月二日書簡)と述べているように静かな落ち着きの気分を見せてきている。この落ち着きの気分は、やはり赤城で書いた小品「山の木と大鋸」(大正四年八月擱筆)の中からもうかがえる。この小品のあらすじは、山の木は成長するにつれ、虫、小鳥、ナイフ、鉈《なた》、鋸《のこぎり》などを自分の生命をおびやかすものとして恐れてきたが、それもいまでは、太く大きく成長したのでやっと恐ろしさから解放されたと思って安心した。ところが、さらに大鋸《おおのこ》というものがあるのを知った木は、いままでの早く大きく成長しようとあせった気分はなくなり、同時に不満や不安もなくなった。それはいかにも淋しかったが、しかし今はこの淋しさの内に、ある安定を得た、というものである。この作品は、父との長い対立を背景として書かれたもので、木の大きく成長しようとする姿に、いままでの作者の自我貫徹の姿が映され、木に恐怖を感じさせたものすべてに父の姿が投影されていると考えられる。作者は、ここですでに「焦せる」気分、「不安」な気分はなくなり、「淋しさ」の内に「或安定」を見出しているのである。この静かで淋しいが安定した気分の中から、はじめて「城の崎にて」へ向かう世界がひらかれてくるのだった。三年半の時の流れを送ってようやくたどりえた心境が、あの城崎でえた題材を生かす基調となったのだ。作者は、自《みず》らこの作品について次のように述べている。

「城の崎にて」これも事実ありのままの小説である。鼠の死、蜂の死、ゐもりの死、皆その時数日間に実際目撃した事だつた。そしてそれから受けた感じは素直に且つ正直に書けたつもりである。所謂心境小説といふものでも余裕から生れた心境ではなかつた。(「創作余談」)

蜂の死に静寂を感じ、その静かさに親しみをいだき、鼠に死に至るまでの恐怖や生の執着の姿を見て淋しいいやな気持ちになりながらも、それがほんとうなのだと思い、いもりに生から死へのはかない移行と偶然性を認め、ここに生と死との明確な区別のない境地を描き出した作者の心境は、長い時を経て、しかも魂の苦悩を通って、たどりえた深みのある切実な心境だったのだ。また構成の面からこの作品を見てみると、三つの小動物の生死が三幅対《つい》風に重層的に書きつづられ、最後の「生きて居る事と死んで了つてゐる事と、それは両極ではなかつた。それ程に差はないやうな気がした」という結論へ高めて行った構成は、みごとな「形式美」を完成させている。

なおこの作品は、名文として高く評価され多くの称賛をあびているが、今、ここに谷崎潤一郎の言説を引用して、いかにこの作品の描写が簡潔でよどみないものであるかを理解しておこう。

「他の蜂が皆巣に入つて仕舞《しま》つた日暮、冷たい瓦の上に一つ残つた死骸を見る事は云々」のところも、普通なら「日が暮れると、他の蜂は皆巣に入つてしまつて、その死骸だけが冷たい瓦の上に一つ残ってゐたが、それを見ると、」と云ふ風に書きさうなところですが、こんな風に短く引き締め、而も引き締めたゝめに一層印象がはつきりするやうに書けてゐる。「華を去り実に就く」とはかう云ふ書き方のことであつて、簡にして要を得てゐるのです。（『文章読本』）

「和解」

背景

直哉が、父親直温と不和の関係になって行くにはいくつかの原因があったが、その主因は、彼の父親に対する親しみが薄かったということにある。「私は小さい時から祖父母に育てられ……私は父に親しまず、それが後年父と不和になつた原因であつた」（「祖父」）と自《みず》ら回想しているように、彼はおじいさん子、おばあさん子として幼時から育ち、一方父親は、仕事の関係から家をよくあけていたところから、二人の関係には普通の家庭の父子のような親しみが欠けていたのであろう。そして、この親しみの薄さは、彼が青年期に入るにしたがって具体的な不和の原因を作り出して行くのである。

その最初のはげしい親子喧嘩《げんか》が起こったのは、足尾銅山鉱毒事件の時であった。明治三十四（一九〇一）年に銅山の廃液を流していた渡良瀬《わたらせ》川の沿岸に、鉱毒による被害が顕著に現われ、一つの大きな社会問題となった。これは今日でいう公害の一つであるが、直哉は、この事件に関する時局講演会をきき、それに動かされて現地を見舞いかたがたその被害状況を自分の目でたしかめてこようと考えた。だが父親は、そのことに大反対をした。

この父の強硬な反対にも理由があった。足尾銅山は、祖父直道と古河市兵衛とが旧藩主相馬家の財政建て直しのために開いた山であった。事件当時にはすでに祖父はその経営から身をしりぞいていたとはいえ、親しい関係を古河家と続けていたため、「自家《うち》と古河の関係で、自家の息子がさういふ運動に入つてゐるなどいふ事が若し古河に知れたら、第一自分が非常に困る立場に立つ事になる」(「祖父」)といった父の反対意見だった。直哉は、しかしそれに頓着《とんじゃく》しなかった。それは、青年の正義観が、たとえ父親であろうとその社会的な立場などに顧慮《こりょ》できなかったのである。このようにして、ここにはっきりと父との不和の関係が表面立ってきたのである。

第二のはげしい親子の衝突が起きたのは、直哉が家の女中の一人を好きになり、結婚を決意したことで起こった。この間のいきさつは当時の彼の日記が物語っている。明治四十(一九〇七)年八月二十二日の日記に、「此夜、Cと結婚を約す」とあり、二日後の二十四日に、「Cとの事を祖母と母に話す」と記されてある。だが、その翌日には家人の反対にあってしまうのである。「祖母、志賀家にない事だと反対する。父は洋行後相当な人を探すつもりなりし故いけないといふ」(「日記」)と記されてあるように、祖母にまして父に大反対をされてしまう。この事件は、いくつかの作品の題材としてとりあげられ、「大津順吉」「暗夜行路」「過去」などが、陰に陽にこの事件を物語っているが、このできごとによって父と直哉との関係は、悪化の一途《いっと》をたどることになる。大正元(一九一二)年には家を出て広島県下の尾道にしばらくの間、一人で生活をする。この時すでに志賀直哉は、一作家としてこの自分の父子の関係を客観的に眺めようとする努力をしていたのである。「時任謙作」を起稿したことがそれを物語っている。

さらに大正三年に三たび大きな衝突が起こってしまった。それは、彼が勘解由小路康《かでのこうじさだ》との結婚を父に伝えたがためであった。彼は、この結婚生活に入ることによって、完全に父の膝下《しっか》から離れるために自《みずか》ら除籍し、新たな一家を構えたのである。

以上のようにいくつかの大きな衝突が父と彼との間に起こった。が、単にこれらだけから父との不和が形成されていったのではない。「不和の出来事はあまりに多かつた」と作品「和解」の中に書かれてあるように、父子の日常生活の中で口には出さないが、お互いの感情の行き違いや、小説家としての道を一途《いちず》に進む彼直哉と、実業家としての父直温との間には、生活、行動様式の違いが目に見えぬところで不和の原因を作り出していたのである。そして、まったくとだえた二人の間が、いかにして自然なかたちで和解へと進むのであるかは、作品「和解」が迫真性を持って示しているのである。

あらすじ

自分は、父に対してずいぶん不愉快を持っていた。それは、親子ということからくる逃れられないいろいろなもつれ混った複雑な感情を含んでいたにしろ、その基調は、なお不和からくる憎しみであると自分は思っていた。それに、父との不和のできごとは、あまりに多かったのだ。この父との不和の関係を書こうとした。だが、それを書くことで父に対する「私怨《しえん》」を晴らすようなことはしたくないと考えた。たしかに私怨を含んでいる自分が自分の中にあったのであるが、一方、心から父に同情している自分がいっしょに住んでもいたのだ。

一昨年の春、京都に住んでいた自分たち夫婦を、その前に起こった二人の間の不和の後にある和《やわ》らぎを作る目的で父が訪問してきた。自分は、父に不愉快を与えるのは好まなかった。会うのはなおいやだった。自分は、父のこの好意を受けなかった。半年後、このことで父に謝罪するつもりで会ったが、父をますます怒らせて、「それなら貴様は此家へ出入りする事はよして貰はう」といわれ、「さうですか」と自分もカッとして真夜中ではあったが、麻布《あざぶ》の父の家を出てきてしまった。

こんなことがあってしばらくすると妻のお産が迫ってきた。すると父は、それとなく自分たち夫婦に心をくばって好意を示してくれた。まもなく妻は、女の児を安産した。父は出産の費用をすべて出してくれるといった。祖母や妻は、その好意を非常に喜んでいた。自分はそれにもこだわった。この赤子が父と自分との和解の縁になるようにと皆が願っていることがわかっていたからだ。自分には、その気がなかった。しばらくすると赤子は病気にかかり、自分たちの必死の努力も空しく死んでしまった。ジリジリと迫って来た不自然な死、それにあるだけの力で抵抗しつつ、ついに死んでしまった赤子のようすを凝視していた自分には、それは、なかなか思い返すことのできない不愉快だった。もしみなに父と自分との関係に赤子を利用する気がなかったら、赤子は死なずにすんだのだ。すべては麻布の家との関係の不徹底からきていると思った。そして、赤子の死の原因が父との不和からであったと思うにつけ、自分は腹立たしくなった。

自分は、三年ほど前に、青年と父との間に起こる争闘をコンポジションの上で想像しながら、その争闘の絶頂へきて急に二人が抱き合って烈しく泣く場面を突然思い浮かべ、涙ぐんでしまったことがあった。それを今考えながら、自分と父との間にもいつかそのようなことが起こりえないことではないという気がしていた。まもなく自分は、妻の二度目の出産を手伝った。そして、この児の出生によって起こった快い、そして涙ぐましい興奮が、胸の中で後までその尾を引いていることが自分には感じられた。

そのころ、祖母の身体がおもわしくなく、病床についているとのことで、我孫子《あびこ》から上京かたがた麻布の家を訪《おとず》れた。しかし、この時もまた、父との暗闘を心のうちで感じ、不愉快を抱いて父の家を出てきた。だが、祖母の身体が思いやられ、一方、父との不和による不愉快さも考えられ、かえって父との関係をはっきりさせねばならなくなった。義母もその仲介の労をとってくれた。自分は、その場に生まれた最も自然な調子で父に、「或る事では私は悪い事をしたと思ひます」と謝罪した。父も「貴様とこれ迄のやうな関係を続けて行く事は実に苦しかつたのだ」と言って泣き出した。自分も泣いた。そして、父との自然な和解ができた。自分は、「長い〳〵不愉快な旅の後、漸《よう》く《や》自家へ帰つて来た旅人の疲れにも似た疲れを感じた」また、「心から父に対し愛情を感じて居た。そして過去の様々な悪い感情が総《す》てその中に溶け込んで行くのを自分は感じた。」

その日からしばらくして、麻布の家にみなが集まったのを幸いに、山王台の料理屋に食事に出かけた。そして食後、父と別れる時、「其日は自然に父の眼に快い自由さで、愛情の光りの湧くのを自分は見た。自分は和解の安定をもう疑ふ気はしない。」

鑑　賞

この作品は、大正六（一九一七）年十月号の雑誌『黒潮』にいっきょに掲載された。「毎日十枚平均で半月間に書上げた」（「続創作余談」）と作者自《みず》ら述べているように、大正六年八月三十日に父との和解が成ると、その興奮で一気に書いてしまった作品である。

作者にとって、「生涯最大の劇」であり「一大精神課題」であった父との不和が、いかにして形成されて行ったかはすでに述べた。しかし、その後の作者には、この対立を解きほぐすような調和的な気分が、結婚をし、子どもをえるという家庭人としての生活を送ることによって、少しずつつちかわれてきていたのである。作品「城の崎にて」や「好人物の夫婦」などは、このころの生活を背景としていて、作者が調和的な気分の状態にあることが、それらの作品の行間に表現されている。作品「和解」は、この調和的な気分がきざしてから「自然」な和解へとたどる過程が描かれているのである。それはまた、「骨肉の情の断ち切りがたいことを自然と認め、その自然に順応する魂の誠実な記録」がつづられているのである。

さて、作者はこの作品について次のようなことを述べている。

「大津順吉」「或る男、其姉の死」「和解」これは材料の点から云つて一つ木から生えた三つの枝のやうなものである。（「創作余談」）

前記三つの作品は、たしかに作者が言うようにその題材において共通するところがある。「大津順吉」（大正元年九月号『中央公論』）は、女中との結婚問題を中心とした父との衝突が題材として書かれてある。また、「或る男、其姉の死」（大正九年一月―三月『大阪毎日新聞』）は、「和解」で書かなかった「和解」の裏側が書

かれてある。すなわち、

私は「或る男、其姉の死」といふ中編で、父と子の不和を主人公の弟の立場で書いた。姉といふ架空な人物などを出して、私の実生活とは離れたものにしたが、父と私との不和の心理だけは出来るだけ追求し、それを弟が両方に同情を持ちながら、批判的に書いたといふやうなものだつた。そして、その気持はありながら、二人は、遂に和解までは達せられなかつた事を書いた。(現代日本文学選集「和解」はしがき)

しかし、この作品は、「和解」にくらべて、「『和解』は捕りたての生魚。『或る男、其姉の死』は同じ魚の干物だ」と作者がいうように「和解」の方が切実さと迫真性においてすぐれている。

この作品を読んだ多くの読者は、心の高まりから、さわやかな感動と落涙の喜びにひたったことと思われる。その深い感動が生まれたのは、「何よりも、強烈、純粋な感情、行動統一体として父と衝突して激昂、煩悶《はんもん》し、和解に到達して歓喜する鮮麗《せんれい》。その間に浸透している清純な人間性の忘れがたい感銘などを主な源としている」(須藤松雄編『志賀直哉』)のである。

この作品が発表された当時、多くの評論家がこぞってこれを称賛した。今、その例をいくつかあげてみると、「この一編を読んで異常な動悸と熱い涙を経験しなかつた人の鑑賞は、私は信用しない。寧《むし》ろ、さういふ人が『心』を持つてゐるとは思へない」(和辻哲郎)とか、また、「此作を単に感傷的な作であると呼ぶ人があるならば、其人こそ人間の美しいシンセリティを全然理解し得ない極めて憐む可き人である」(江口渙)という、多少誇張した賛辞が呈されている。しかし、この誇張した言説こそ、いかに読後の感動が大きかったかをよく物語っているのである。

小林秀雄もその感動のはかりがたい深さを次のように表現しているのである。

人々は「和解」を読んで泣くであらう。それは作者の強力な自然性が人々の涙腺をうつからだ。泣かない人があつたとしたらそれは君の心臓が枯渇《こかつ》してゐるからではない、君の余《あま》り利口でもない脳髄が少々許《ばか》り忙しがつてゐるに過ぎないのである。凡そ世に人を泣かせる位たわいもない愚劣はないであらう。だが又、人を泣かせる位困難な業《わざ》はないのである。最上芸術も自然の叫びに若かないのではない、最上芸術は例外なく自然の叫びを捕へてゐるのだ。(『志賀直哉論』)

だが、称賛でうめつくされたような『和解』の作品評に対しても、一つだけ共通した不満が提出されていた。それは、「私は「和解」を通読して、根底の浅い葛藤につゝかれて来た揚句の果てに、涙攻めになるので愛想を尽かした」(正宗白鳥『志賀直哉論』)という批判にもみえる、不和の原因がほとんど書かれていないということにあった。しかし、これらの不満に対して、作者は自らその答えを出しているので、それを少しく引用してみることにする。

自分はあの作の中で、不和の原因を書かうとすればきりがない、といふ事を再三、書いてゐる。さう繰り返し、云つてゐる作者が、何故それを書かなかつたか、或ひは書けなかつたか。そしてさう云ふ気持を批評家は何故察しないのかと自分は思つた。自分から云はすれば「和解を書きながら、不和の原因を書かぬ欠点」を挙げる代りに、「不和の原因を少しも書かず、和解の効果をあげる事が出来た」事を何故認めないかと云ひたい。(「唇が寒い」)

『和解』は自分の今までの作中でも代表的ないいものである」と自負する作者は、自信をもって前記のような反論をしたのである。しかし、作者はけっして不和の原因を書かなかったことでよしとしているのではない。「若し出来れば、それも書いて、作品としてもつと完全なものにしたかつたが、当時の私にはその余裕はなかつた」という作者は、「和解」執筆当時の背景を次のように述べているのである。

あれは親子関係の道徳問題を「主題」として書かれたものではなく、もつと直接な感情――永いく不和の後に漸く来た和解の喜び、それがあの作の「動因」となつて書かれたものである。或る「主題」を捕《とら》へて作られた作物《さくぶつ》ではなく、もつと直接な「動因」によつて作者が追ひ立てられて書いた作物である。其所にあの作の力があり、読者はそれに曳込《ひきこ》まれて行くのである。(「唇が寒い」)

作者は、ここで述べている「直接な『動因』」であった父との和解によって生まれた「過剰な感動」を鋭敏な観察と誠実な描写態度とによって、「峻厳《しゅんげん》な節制」を加えて感傷的要素を拒絶し、秩序ある緊張をこの作品の中に作りだしたのである。ここに「和解」が志賀文学の一つの代表作と目される理由があるのである。

小僧の神様

背景

直哉は、大正六(一九一七)年八月に、長かった父との対立が解け和解が成立した。これより先に、すでに彼の心の中には調和的な気分が支配していたことは「行路編」で述べた。和解以後はまったく平和で安穏な生活が続き、彼の心も生活も調和的な気分で満たされていた。

このような平穏なある日、彼は次のようなできごとを目撃した。

屋台のすし屋に小僧が入つて来て一度持ったすしを価《ね》をいはれ又置いて出て行く、(「創作余談」)

実際その場に居合わせてこれを見た作者は、この小僧に対してつきぬ同情を感じた。弱者に対して感ずる同情、義憤は、作者の体質的なものかも知れぬが、小僧を見た時に感じた気持ちが彼に筆を執らせたのである。

そしてこの作品「小僧の神様」が書きあげられたのである。作中、屋台で小僧が一度とった鮨《すし》の値を聞いて、それを台の上に置いて出て行く場面は、この作品中、他のどのような場面にも比して強くあざやかな印象を読者に与える。この場面こそが作者のこの作を書く強い動機となったことがうかがえるのである。

あらすじ

秤屋《はかりや》に奉公する小僧仙吉は、番頭たちが噂《うわさ》する鮨屋の鮨を食べてみたいと日ごろから思っていた。用事でその鮨屋の前をよく通ることがあったが、「一つでもいいから食ひたいものだ」といつも思った。

ある日、小僧はその鮨屋の前を通った時、店から少し離れた所に同じ屋号の屋台の鮨屋があるのに気がついた。帰りの電車賃を倹約した四銭が懐の中にあったので、小僧は一つでも食べられるだろうとその暖簾《のれん》をくぐった。そして台の上にのっている鮨に勢いよく手をのばした。すると店の主は「一つ六銭だよ」と言ったので小僧は、落とすようにその鮨を台の上に置き、やり場のないいやな顔をしながら店から出て行った。この場に居合わせた若い貴族院議員のAは、この小僧のようすを一部始終見ていて、かわいそうに思い、どうかしてやりたい気がしたが、なぜかそれができなかった。そしてもし鮨を御馳走してやったら小僧は喜んだろうが、しかしこちらは冷汗《ひやあせ》ものだと思った。

Aは、ある日、自分の子どものために体量秤を備え付けることを考えつき、偶然、仙吉の奉公する店に買い求めにはいった。そこでこの小僧を発見した。Aは、小僧に鮨を御馳走してやろうと考え、小僧に家まで秤を運んでくれることを頼んでいっしょに店を出た。途中、ある俥屋《くるまや》により秤を家まで運ぶのを頼み、身軽になった小僧をつれて、うまい鮨を食べさせることで有名なあの番頭たちが噂していた鮨屋まで小僧をつれて行った。Aは、鮨屋の主に小僧にたらふく鮨を食べさせることを頼んで先に帰ってしまった。小僧はそこで三人前の鮨を平らげた。そして無闇《むやみ》とおじぎをして小僧は帰って行った。

Aは、小僧に別れてから変に淋しい気がした。先日の屋台での小僧の気の毒なようすに心から同情した。そしてできることならこうもしてやりたいと思っていたことが、今日偶然に遂行《すいこう》できたのに。小僧も満足し、自分も満足していいはずだ。それなのに変に淋しい、人知れず悪いことをした後の気持ちに似通ったいやな気持ちを感ずる。これはもしかしたら自分のしたことが善事だという変な意識があって、それをほんとうの心から批判され、裏切られ、嘲《あざけ》られているのが、こうした淋しい感じで感ぜられるのかしら？　Aはそんな思いに悩まされた。その日の用事を終えたAは、帰宅後、この気持ちを細君に語ると、細君は不思議ねと言いながらも「ええ、其お気持ちわかるわ、さういふ事ありますわ」と言い、また気を変えるかのように、「でも小僧は屹度《きっと》大喜びでしたわ、そんな思ひ掛けない御馳走になれば誰でも喜びますわ。私でも頂きたいわ。其お鮨電話で取寄せられませんの？」と言った。

Aの一種の淋しい変な感じは、日とともに跡方なく消えてしまった。しかし、妙にその秤屋の前を通ることに気がさし、その鮨屋にはいる気もしなくなってしまった。彼は細君に、「俺のやうな気の小さい人間は全く軽々しくそんな事をするものぢやあないよ」と言った。

一方、小僧の仙吉には、腹いっぱい鮨を御馳走してくれた人がなぜか神様のように思われてきた。それというのも、屋台鮨屋で恥をかいたことも、番頭たちがあの鮨屋の噂をしていたことも知っていて、その上第一自分の心の中まで見透してあんなに十分、御馳走してくれたのだからと考えたからだった。そしてますます小僧には「あの客」が忘れられなくなってきた。それが人間か超自然のものかはほとんど問題にならなくなりただ無闇《むやみ》とありがたかった。彼は悲しい時、苦しい時に必ず「あの客」を思った。それは思うだけである慰めになった。彼はいつかはまた「あの客」が思わぬ恵みを持って、自分の前に現われて来ることを信じていた。

鑑賞

この作品は、大正八(一九一九)年十二月に書かれ翌九年一月号の『白樺』に発表された。これが発表される少し前には、有名な広津和郎の「志賀直哉論」(大正八年『新潮』四月号)が発表されている。志賀文学の数々の美点を列挙し、賛辞を呈したこの論は、しかし当時の志賀文学が調和的で平和な気分に包まれていて、「氏が生活的にも、又作品の上でも、ひと頃よりは次第に引込み思案になつて来たのではないかといふ不安を抱かせる」と述べ、鋭敏な頭脳と清純な心と強い性格をもった「志賀直哉氏をこの世の刺戟から遠ざけてしまつて、一個の『好人物』の世界の主人公とさせてしまつて、それでいいのか」と思い、「今の時代に、志賀直哉氏のような性格で戦うことを最も希望して止まない」と論じたものだった。この評論に応ずるかのように作品「小僧の神様」は書かれたのであった。作者がこの論文を意識しつつ書いたものかどうかは知ることができないが、このころの作者の調和的な気分に波を起こすかのような題材でありながらも、これを回避することなく創作されたものだった。

この作品は、小僧仙吉と貴族院議員Aとの心理が経緯の糸となってからまりあいながら進展している。奉公している小僧は、鮨を食べたいという願いが、ある日突然、店の客にたらふく御馳走になり、無闇とありがたがる。しかしこのことをよくよく考えてみると不思議でならないと思いはじめ、ついには、「あの客」が超自然的な「神様」のように思えてきたという小僧の心理の高揚《こうよう》が経《たて》の糸となっている。そして一方、議員Ａが、屋台鮨屋で目撃した小僧のみじめな心に同情して、偶然の機会から御馳走してやったが、なぜか淋しい気持ちがしてならず、それ以後は、秤店の前を通ることや、その鮨屋に入ることがはばかれる気持ちになったという心理の移行が、緯《よこ》の糸となって織りなされている。しかし作者の興味の視点は、あきらかに前半は小僧の心理に、後半は淋しさを感じたＡの心理に移行して行っている。目撃した事実から小僧の境遇に思いをめぐらすという当初のモチーフが、後半に入って薄らぎ、Ａが感じた淋しさがどこから来たものかに作者の興味は移っている。

　Ａが小僧に寄せた同情は、作者の弱者に対していだく同情の所産であったことはすでに述べたが、ここにあの「正義派」に示されたと同じような作者の「素朴ながらひたむきなヒューマニズムの純粋さ」が見られる。しかし、このヒューマニズムではどうすることもできない淋しさがあった。Ａと小僧との身分的な格差は厳然としてあり、その差を乗り越えることは勇気のいることだった。だが偶然によって遂行できた行為から逆に淋しさを感じた。しかし、作者は、この淋しさのよって来たる原因を最後まで追究しなかった。「網走まで」に示された作者の「静止的だが節度ある傍観者のささやかな同情という姿勢」から一歩踏み込んで、同情から発した行為になぜかしらうしろめたい淋しさを感じ、その原因を追究しようとする姿勢をとりながら、結局、「若しかしたら、自分のした事が善事だと云ふ変な意識があつて、それを本統の心から批判され、裏切られ、嘲られて居るのが、かうした淋しい感じで感ぜられるのかしら?」という結論で終わってしまうのである。そして、作者は、この淋しさを時の流れの中に溶け込ませ、「俺のやうな気の小さい人間は全く軽々しくそんな事をするものぢやあないよ」という自己限定によって乗り越えてしまった。また小僧を「あの客」は「神様」だと思わせることによって、彼のおかれた境遇から救う信仰となしたのだった。ここに作者の自分自身に対するあくまで潔癖で純粋であろうとする一種のエゴイズムがあり、同時に近代インテリの寂寥《せきりょう》感を自己のものとしてとらえた作者の狂いない鋭敏な眼もあるのである。

暗夜行路

背景

「暗夜行路」は、長い年月が費やされて完成された。作者が、この作品の前身である私小説「時任謙作」を起稿したのは、大正元(一九一二)年、尾道時代であった。父との対立が深まり家を出て尾道に行った。今までの生活環境から離れ、しかも一方では、自分も加わっていた同人雑誌『白樺』の主流が、ますます「人道主義」へと傾いて行き、それについて行けない彼は、この友人たちとも離れて、一人孤独な淋しい日々を送っていたのである。尊敬する夏目漱石に『朝日新聞』に何か書くことを依頼され、喜びながら筆を進めていた「時任謙作」は、しかしこの孤独と落ち着かぬ日々の生活の中ではなかなか書けなかった。あせる心は、いらだちにまでなってますます筆が進まなかった。それには一つの大きな原因があった。作者は後年、次のように述べている。

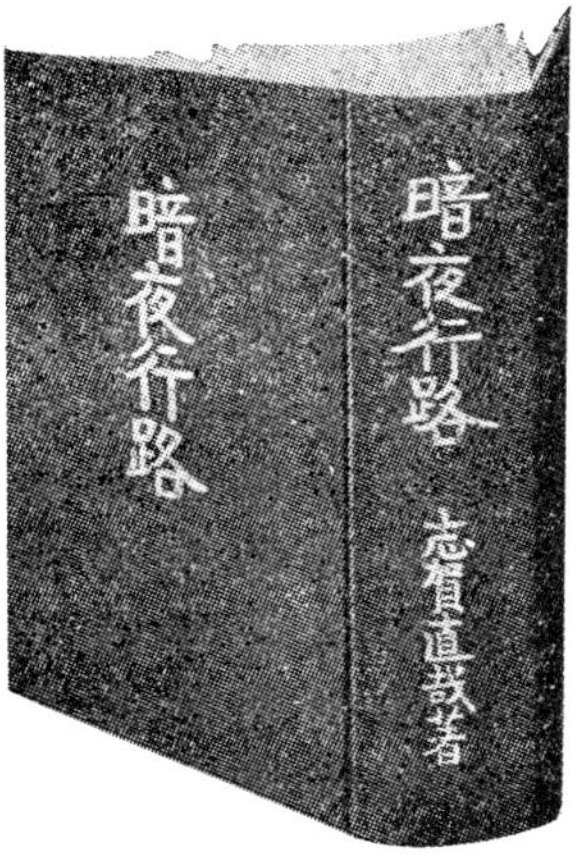

『暗夜行路』の表紙
(座右宝刊行会版)

『暗夜行路』の前身『時任謙作』は永年の父との不和

を材料としたもので、私情を超越する事の困難が、若しかしたら、書けなかつた原因であつたかも知れない。（「続創作余談」）

父に対する怨《うらみ》を小説の中ではらすことをきらった作者の考えが、結局この自伝的長編「時任謙作」を書くことを困難にし、完成させることができなかったのである。しかも、実生活では、「大変気持ちのいい結果で父と和解」することができて、この経緯《けいい》を作品「和解」に書き表わした。その上に「或る男、其姉の死」という作品で、この父との不和を主人公の弟の立場でそれを見るという、比較的公平に批判できる形で書いてしまうと、父との不和を材料とした「時任謙作」を、いまさら書き続けなければならないという気持ちがしだいになくなってきたのである。ところが我孫子《あびこ》の調和的な生活の日々のうちに、ふと尾道時代に想い描いた「妄想」がよみがえってきた。この「妄想」が「暗夜行路」を書く支点となった。

尾の道でこの長編を書きつつあつた頃、讃岐《さぬき》へ旅行をして屋島《やしま》に泊つた晩、寝つかれず、色々と考へてゐる内に、若しかしたら自分は父の子ではなく、祖父の子ではないかしらといふ想像をした。私が物心つかぬ頃、父は釜山《ふざん》の銀行へつとめてゐた事があり、又金沢の高等学校の会計課につとめてゐた事があり、しかも其時私の母は東京に残つてゐた。それに、私が十三の時に三十三で亡くなつた母の枕頭《まくらもと》で、祖父が「何も本統に楽しいと云ふ事を知らさず、死なしたのは可哀想なことをした」と声を出して泣いた。父は其時泣かなかつた。此印象は後《のち》まで私に残つてゐて、父に対する反感になつてゐたが、自分が若しかしたら祖父の子ではないかしらと云ふ想像をすると、かう云ふ記憶が急に全く別な意味をもつて私に甦《よみがへ》つて来

た。（中略）

翌朝起きた時には自身それを如何にも馬鹿々々しく感じたが、私は我孫子《あびこ》で今は用のなくなつた書きかけの長篇を想ひながら不図《ふと》此事を憶ひ出し、さういふ境遇の主人公にして、それを主人公自身だけ知らずにゐる事から起る色々な苦みを書いてみようと想ひついた。此想ひつきが「時任謙作」から「暗夜行路」への移転となつた。（「続創作余談」）

このようにして考えられた構成も、しかしなかなかうまく書けなかった。そしてある時は、いっそ短編をいくつも書き、それらをまとめて一つの長編になるようなものにしようかとも思った。この気持ちは結果として、今日私たちが見る「暗夜行路」の前編の最後の部分が、まず最初に「憐れな男」と題して大正八年四月の『中央公論』に発表され、序詞にあたる部分は、「謙作の追憶」として大正九（一九二〇）年一月の『新潮』に発表されたのだった。そして前編は大正十年一月から八月（七月休載）まで『改造』に連載された（前の二編を再録している）。後編は同じく『改造』に大正十一年一月から発表されはじめ、断続しつつ昭和十二（一九三七）年四月についに完成したのだった。「暗夜行路」の前身「時任謙作」を起稿して以来、実に二十五年の歳月を経て完成されたのだった。

あらすじ

時任謙作には、母からは愛されたが父には兄弟の中でもひとり冷たく扱われ、憎まれていたという幼いころの思い出が印象強く残っていた。母の死後、ふいに現われた祖父のもとに引き取られて育った謙作は、祖父の死後、祖父の妾だったお栄と暮らしながら作家を志して努力していた。だが、叔母の娘愛子に求婚して容れられず、心に深い傷を負ってしまった。この問題で父、兄、愛子の母たちがとった態度になにか不可解な所があった。謙作は、このことでいっそうだれからも真に愛されるという信念が持てなくなり、心の傷は深まるばかりだった。そして放蕩《ほうとう》の生活を送るようになってしまった謙作には、ますます自己嫌悪《けんお》が募《つの》るばかりで、心は暗くかげり行くのであった。遊蕩にあけくれる日を送るうちに、彼はいつしかお栄に愛情を感じはじめ、悩み苦しむのだった。彼はこの苦しみから逃れるために、またその乱れた生活を清算するために尾道へ旅立った。尾道で家を借りていよいよ創作の仕事にうちこみだすが、しかし心の孤独は彼を四国へと旅立たせるのである。途中、彼は、お栄との結婚を決意して再び尾道にもどって来た。彼はさっそくこの決心を親しい兄の信行に書き送った。しかしその返事には、お栄の不承知とともに謙作の意外な出生の秘密が書かれてあった。謙作が幼いころから抱いていた謎《なぞ》を解き明かす恐ろしい事実が書かれてあったのだ。それは、謙作が実は父の子ではなく、父の外遊中、母と祖父とのかりそめのあやまちから生まれた不義の子どもであるということだった。謙作の受けた衝撃は大きかった。しかし、まもなく彼は、ほんとうに一人になって生きる気になり、創作の仕事こそこの過酷な運命を乗り越える「唯一《ゆいいつ》の血路」であることを感じてたちなおるのである。しばらくするとまた兄からの手紙が届いた。それは、父がお栄と結婚しようとした謙作の意志を知って怒り、お栄を追い出すことを考えているというものだった。彼は、これに返事を書くと同時に、中耳炎にかかったのをきっかけとして尾道を引き上げてしまった。上京した彼は、お栄とともに大森に移り住んだ。そして以前と同じ放蕩の生活が始まった。あらがうことのできぬ運命の力を前にして謙作のあてもない精神の彷徨《ほうこう》は続いた。このような日々を送っていた謙作は、ふとした気まぐれから京都へ出かけた。京都のもつ自然や古寺・古美術の美しく静かなたたずまいに、これまでの不安定な心の状態が少しずつなごめられ落ち着いてきた。そんなある日、散歩の途中に見た「鳥毛立屏風《とりげたちびょうぶ》の美人」のような娘に彼は恋心を抱き、やがてその娘直子と結婚した。そして京都に新居を得て明るい幸福な新婚生活に入った。

「鳥毛立女屏風」の図
（正倉院蔵）

一方、お栄は、中国の天津《テンチン》で商売をやることをいとこのお才にすすめられて発《た》って行った。謙作は、お栄と別れることに一種センチメンタルな淡い淋しさを感じつつお栄の発つのを見送った。しばらくすると謙作夫婦は子どもを得た。しかし運命の暗い影は、またしても彼の身の上を襲《おそ》った。生後まもなくこの初児は丹毒にかかり死んでしまったのである。彼は「何か見えざる悪意」を感じてうちひしがれてしまった。初児を失った淋しさを感じながら生活を続けている所へ兄からの手紙が届いた。それには、お栄が仕事に失敗してしまって無一文で朝鮮の京城にいることが書かれてあった。彼はこのお栄を迎えに京城へ発って行った。彼の留守中、しかし恐ろしい不幸が起こった。妻の直子が久しぶりに訪れた従兄の要《かなめ》に不用意に犯されてしまったのだ。帰って来た謙作は、そのことを知って驚き悩み苦しんだ。理性では、あやまちとして憎めず許すことができるのだが、感情面ではどうしてもこだわりがあって妻との間にみぞを感ずるのだった。

その後の謙作夫妻は、子どもを再び得て、健やかに生育するこの子に、初児の死から受けた傷は少しずつ消え、またお栄も同居させて表面上は穏やかな生活を送っていた。しかし、謙作は絶えず妻に対する自分の理性と感情の葛藤に苦しみ、この不幸を乗り越える力を身内に感ずることもできずに落ち着かぬ日々を送らねばならなかった。謙作は、この心の苦しみから逃れるために再び旅に出た。伯耆《ほうき》の大山《だいせん》に調和の生活を求めた彼は、自然の景物に接して少しずつ落ち着きをとりもどしてきた。そして、山頂をめざして登山を試み、途中で迎えた曙光《しょこう》を眺めながら、彼は、精神も肉体もとけ込んで行く深い感動をおぼえた。が彼は、下山とともに発病し倒れた。急ぎかけつけた妻に手をとられて眠る謙作の顔には、ようやく心の平和を探りあてたような「穏やか」で柔らかな、愛情に満ちた眼差《まなざし》があった。

鑑賞

「暗夜行路」は、作者が「文字通り生命を打ちこんだ」作品であつた。

創作の仕事は其人の所謂天分にもあるが、それ以上により進んだ良き作品を作らうといふ不断の意志が必要である。一方からいへば此意志を持ち続けられるといふ事、それが既にその人の天分である

とも考へられる。(『志賀直哉読本』序)

という作者は、この作品の前身にあたる「時任謙作」を起稿して以来、実に二十五年もの長い間この「不断の意志」をもって「暗夜行路」を完成させたのである。作者がこの作品に注いだ情熱がなみなみならぬものであったことがうかがえよう。それだけにこの作品からは「作家の精神の全的な生動」が感じられ、なによりも志賀文学を代表する作品として、と同時に日本近代文学を代表する作品として、この『暗夜行路』は広く認められているのである。

これからこの作品を鑑賞するにあたって、構成、主題、描写などいくつかの視点をもうけてみて行くことにする。

まず初めにこの作品は、自伝小説「大津順吉」の線上にあった「時任謙作」を、「母の過失」という虚構の設定によって再構成して生まれてきたものであるということ。すなわちこの虚構の設定は何を意味するものだったのかということを考えてみたい。作者は、長い間父との確執に取材した「時任謙作」の完成を期して悩み苦しんだ。だが、ついにこの作品を完成させることができなかった。しかし、この完成に努力した日日は、作者の青春の痛々しい記録でうめつくされていたのである。この忘れがたくすてがたい青春の記録を作品化するために、また「時任謙作」に描いた世界を生かすために設定されたのが「母の過失」という虚構だった。それは、主人公を母と祖父との「過失」から生まれた子とすることで、父が主人公に不快を感じ憎悪する感情をもつのが自然となり、また主人公が冷たくあたる父に反撥《はんぱつ》することも自然となり、ここに自然現象に近い父子の不和関係を生じさせることができる。そして、作者が実生活で得た父との「不和の実感」をそこに裏うちしたのである。作品の中で、父に「私怨《しえん》」を晴らすようなことはしたくないと苦慮したがために筆がはこばずにいた「時任謙作」が、この虚構を設定したことによって「暗夜行路」と題もあらため、書きあらためることができたのである。志賀文学の多くの作品がそうであるように、この作品も作者の実生活が作品の背景となって密接な関係をもっていることを理解しておかなければならない。

次にこの長編の構成をみてみたい。作者は、「続創作余談」の中で次のように述べている。

「暗夜行路」は事件の外的な発展よりも、事件によつて主人公の気持ちが動く、その気持ちの中の発展を書いた。

作者が意図したようにこの作品には、主人公時任謙作が、遭遇した一つ一つの外的な事件にどのように対して行ったか、謙作の感じ、考え、心の動き、行為などが描かれてある。すなわち、この作品は、作者がはじめて書く要領を得たというあの初期の短編「或る朝」に登場した祖母の存在がそれであったような、主人公と対立し、葛藤し、調和する相手―外的な存在者―はいなくて、主人公謙作の内面の世界、理性や感情の相剋《そうこく》を描いたものであることが理解できる。作中でも主人公が終わりの方で次のように反省している個所があるが、これもそれを物語っている。

謙作は自身の過去が常に何かとの争闘であつた事を考へ、それが結局外界のものとの争闘ではなく、自身の内にあるさういふものとの争闘であつた事を想はないではゐられなかつた。（第四の六）

そしてこの謙作の心の中での争闘は、常に外的な出来事に触発されて対立し、葛藤し、調和するという過程がとられてあって、これが繰り返されてこの作品は構成されて行っている。しかし、この繰り返される過程は「重々と発展して行く変化、成長」にはなっていない。それは実に単調な構成となっているのである。ここにこの作品の欠陥があることがよく指摘されてきた。たとえば、文芸評論家として今日活躍している中村光夫は、「構成の上で、短篇作家の長篇にありがちな弱点を免れてゐない」と言いながら次のように述べている。

そこでは個々の挿話は神経の行きとどいた筆で描写されてゐる代りに、それらのあひだの有機的な連関や展開がややもすれば無視されて、古い比喩《ひゆ》ですが、真珠をばらばらに並べただけで、それをつなぐ糸が欠けてゐる印象を与へます。(『志賀直哉論』)

中村光夫は、この不統一の例として「前篇では主人公の心の動きに重大な影響を及ぼしてゐる父親との不和が、後篇ではほとんど背景に忘れ去られてゐるやうな構成」にあるとし、「小説の本来である人間対人間の葛藤も、それにもとづく主人公の内的な発展もなく、ただ対象のうつりかはりと同じリズムをくりかへす主人公の心の呼吸の連続しかありません」(同)と述べている。これは、この作品の単調な構成を鋭く指摘したものであった。作者自身も、この作品の書かれた経過を述べながら、「前篇後篇統一を欠いたわけだが、仕方ない事だつた」と述べている。この他に構成の「不統一」あるいは単調さについては多くの人々によって指摘されているが、しかし主人公の性格の一貫性において、また後に述べるが、主題の追究の一貫性においては、全編が統一されてあり、またけっして単調だとはいいきれないものがあるのである。たとえば、「謙作の身についた潔癖な正義観や、ほとんど感覚的といってもよい明晰な倫理的判断が、小説の内面に一種の緊迫感をそえながら首尾を統一している」(三好行雄)という見方もされているのである。結局、長編としての造型的な構成にはとぼしいが、それをもカバーするだけの力がこの作品にはあるのである。そして、ここで一つ注意しなくてはならないのが、作品冒頭の「序詞」の部分が、作品全体の構成の上で重要な位置をしめていて、構成力のとぼしさを補うものとして高く評価されているということである。この「序詞」には、主人公謙作の追憶の中に祖父、父母、兄、妹、お栄など多くの人々が登場して、これらの人々の相互関係が示されてあり、作品全体の「含蓄」ある伏線がここに張られているのである。そしてそれは、主人公が負った苛酷な運命が、すでにここに暗示されてあり、「暗夜行路」のみごとなプロローグとして多くの絶賛をあびている。(例、長谷川泉『暗夜行路論』)

次に、この作品の主題について考えてみたい。作者は、みずから主題について次のように述べている。

主題は女の一寸したさういふ過失が、――自身もその為に苦しむかも知れないが、それ以上に案外他人をも苦しめる場合があるといふ事を採りあげて書いた。……

主人公は母のその事に祟られ、苦み、漸くそれから解脱《げだつ》したと思つたら、今度は妻のその事に又祟られる、――それを書いた。(「続創作余談」)

作者の意図した主題から考えると、この作品は、母とそれに次ぐ妻の「過失」という苛酷な運命にあい、悩み、苦しみ、暗夜行路をたどって行った主人公が、しかしついには、この運命に謙虚に従いながら、穏やかで平和な心境に到達するという「ひとりの男の苦闘の記録」が描かれてあるのだとみることができる。またそれは、「謙作における生の確立の記録」とみることもできる。しかし、「苦闘の記録」とか「生の確立の記録」とかいっただけでは、言いたりない多くの要素をこの作品は持っている。そこでこれから代表的な「暗夜行路」論をいくつかあげて、この作品の主題を追究してみたい。

主人公謙作の人間性は、作中の終わりの方で主人公と友人との会話が何よりもよく表わしている。

「何でも最初から好悪《こうお》の感情で来るから困るんだ。好悪が直様此方《すぐさまこっち》では善悪の判断になる。それが事実大概当るのだ」

……………………

「気分の上では全く暴君だ。第一非常にイゴイスティックだ。――冷めたい打算がないからいいやうなものの、傍《はた》の者は矢つ張り迷惑するぜ」

この会話には、謙作という「人間」が端的に表現されている。それは、「ほとんど感覚的といってもいい明晰な倫理的判断」によって生活する謙作の「生き方」がなまの言葉で述べられているのだ。そして、「イゴイスティック」で「暴君」な謙作の姿は、この作品の全編をつらぬいている。ここにこの作品の主題が次のように見られる理由も生まれるのである。

ここにはいろいろな世界が描かれてゐる。しかしそれはみんな主人公の心持の表現の手段に用ゐられてゐるのである。その意味でもこの小説には徹底的にエゴイズムが支配してゐる。そして全編はこのエゴイズムを通してのエゴイズムからの浄化を描いてゐるのである。……

「暗夜行路」一編の価値は疑ひもなくその人間弁護の書たるところにあるのである。ただそれは一人の人間の自己浄化の過程を一貫して描くことによつて、弁護を弁護に終らせてゐない。（谷川徹三『暗夜行路』覚書）

謙作のエゴイズムは、しかし冷たい打算に裏うちされてはいなかった。それは、彼の感覚の鋭さが知的判断のかわりをするものとなっていたところから生まれたものだった。ここに彼特有の生き方があった。それが彼を原始人的な人間像にまで、すなわち人間の本来の姿にまで純化させることとなったのである。

現代はあまりに感覚的に衰弱した人間が多く、理論や論理性を重んずるがためによく陥《おちい》る「人間紛失」がある。そして、「理論が氾濫するにつれて曖昧《あいまい》な人間が多く」なって行くにつれて、この謙作の鋭い感受性の集中と純粋さとによってエゴイスティックに生きる姿に郷愁を感ずるのである。ここに、このエゴイスティックな生き方から「浄化」する過程でたどった主人公の足跡が、この作品の主題でもあったと見ることができる理由があった。

その足跡のより多くのまた重要な部分は、直子との結婚生活にある。主人公がはじめて直子を見た時の心持ちが次のように表現されている。

彼は自分の心が、常になく落ちつき、和《やは》らぎ、澄み渡り、そして幸福に浸《ひた》つて居る事を感じた。そして今込み合つた電車の中でも、自分の動作が知らず知らず落ちつき、何かしら気高くなつて居た事に心附いた。彼は嬉しかつた。其人を美しく思つたといふ事が、それで止《とど》まらず、自身の中に発展し、自身の心や動作に実際それ程作用したといふ事は、これは全くそれが通り一遍の気持でない証拠だと思はないでは居られなかつた。(第三の一)

この直子の存在は、謙作にエゴイズムからの自己浄化をはたさせる重要な存在であった。それだけに謙作と直子との交渉からこの作品が「恋愛小説」だと言われる所以《ゆえん》も出てくるのである。河上徹太郎は、このことを次のように説明している。すなわち、「現代人は人間全体で恋愛することが少く、頭で恋愛したり、末梢的な神経で恋愛したり、恋愛的な場面や恋愛的な部分はあるが、人間対人間が取組んで恋愛することがない」として次のように論じて行った。

然るに各瞬間常に無心で渾然たる感受性を以て一歩々々足許を照し乍ら暗夜行路を辿る謙作には、さういふ人間性の分裂はあり得ない。彼の足どりが実証するものは、愛といふものが如何に意識の集中の状態と謙虚の状態との激しい交替から成り立つものであるかといふことであり、一つの瞬間に真実であつたものが直ぐ次の瞬間には虚偽となるといふ愛の幸福のかけがへなさ、脆《もろ》さ、頼りなさ、困難である。ここで謙作が愛のさういふ点について感じてゐるものは、例へば前編で「遊び」を発見する時、感受性の激しい興奮のすぐ後に大きな倦怠が伴ふ交替を実感したのと同じ素直さである。此の絶えざる発見と実感は、恋愛をば或る状態或る期間の間予約して借切つたやうに安心して耽《ふけ》つてゐる現代人の達し得ぬ境地である。

私が曾て此の小説を以って現代で最上の恋愛小説だといつた所以《ゆえん》はそこにある。(「『暗夜行路』に於ける美と道徳」)

この作品が「恋愛小説」だとみられた理由は、前掲の引用文でよく理解できたことと思うが、とするとこの「恋愛」の中で作者は何を書いたのかということが問題になる。それは、「愛の幸福のかけがへなさ、脆さ、頼りなさ、困難」である。これが、この作品の主題とも考えられるのである。

ところで、主人公が「愛の幸福のかけがへなさ」を感ずる美しい場面があるので、それを次に引用してみよう。それは、結婚式を数日先にひかえた謙作と直子の二人が銀閣寺をおとずれての帰りである。

南禅寺《なんぜんじ》の裏から疎水を導き、又それを黒谷《くろだに》に近く田圃《たんぼ》を流し返してある人工の流れについて二人は帰って行つた。並べる所は並んで歩いた。並べない所は謙作が先に立つて行つたが、その先に立つてゐる時でも、彼は後《あと》から来る直子の、身体の割りにしまつた小さい足が、きちんとした真白な足袋で、褄《つま》をけりながら、すつ〳〵と賢《かし》こ気《げ》に踏み出されるのを眼に見るやうに感じ、それが如何にも美しく思はれた。さういふ人が——さういふ足が、すぐ背後《うしろ》からついて来る事が、彼には何か不思議な幸福に感ぜられた。(第三

謙作と直子が歩いた南禅寺裏の道

の十二）

自分の後からついてくる妻となる人の歩く姿に、主人公は愛の幸福を感得している。かけがえのない愛の幸福とは、このようになんでもないと思えるようなところにあるのであって、それは、鋭く豊かな感受性でなければ感得できない世界なのである。小林秀雄は、ここにこの作品の主題があるとみている。彼は、「それはひと口で言へば深い意味での幸福の探究である」として次のように論述した。

幸福といひ不幸といひ、外的事情に強ひられて人間が被つたり脱いだりする帽子の様なものだと、現代のインテリゲンチヤは考へてゐるが、さういふ種類の知識は、幸福でも不幸でもない人間を作るだけだ。世の中には、外部の物が傷つけ様もない内の幸福があり、何物も救ひ様のない深い不幸がある事を僕等は知つてゐるし、さういふ幸不幸を識るのには、又別の智慧が要る事も知つてゐる。別の智慧と言つても、少しも格別な智慧ではない。生活の何たるかを生活によつて識つた者には、誰にでも備はつた確かな智慧だ。「暗夜行路」は、この確かな智慧だけで書かれてゐる。だから、この主人公が、極めて排他的な幸福の探究から始めて、幸福とは或る普遍的な力だといふ自覚に至るまでの筋道を理解するのにどの様な倫理学も必要としない。それほどこの筋道はごく自然な筋道であり、この主人公の摑んだものは、恐らく深い叡智だが、その根は一般生活人の智慧のうちにある。（『志賀直哉論』）

幸不幸は、日常の生活とはかけ離れた次元にあるものではなく、日常一般の生活の中にあるのだ。主人公は、それを自《みずか》らの生活の軌跡の上で実証してきた。それだけに、主人公が苛酷《かこく》な運命に遭遇しながらたどった暗夜行路は、幸福の探究の道でもあったのだ。

　以上みてきたように、この作品「暗夜行路」は、「ひとりの男の苦闘の記録」であるが、それは、「生の確立の記録」であり、「エゴイズムからの自己浄化」の記録であり、「愛の幸福のかけがへなさ、脆さ、頼りなさ、困難」を実証した記録であり、そして「深い意味での幸福の探究」の記録であった。ところで、鋭く豊かで純粋な感受性をもって生きる主人公謙作という人間像は、それはそのまま作者にはめこむことができる。

　主人公謙作は大体作者自身。自分がさういふ場合にはさう行動するだらう、或ひはさう行動したいと思ふだらう。或ひは実際さう行動した、といふやうな事の集成、（「続創作余談」）と作者自ら述べているように、謙作の純粋性、潔癖性、正義観、倫理観、美意識などは、明らかに作者自身のものであり、謙作は、作者の非常に密接した分身なのである。そして作者は、自らの豊かな感受性でもって作品の全世界を一元的に統一しているのである。作者が全生命を打ち込んだ、作者自身の精神史といえる作品なのである。

　最後にこの作品の自然描写について言及しておきたい。作者の豊かな感受性が、そのもっともよく対象をとらえうるものとして自然の姿、風景がある。この作品には、実に多くの「絶賛に値する風景描写」があるが、特に尾道の風景描写（第二の三）や、後編の最後のあの大山《だいせん》山上から見渡した明けゆく下界の描写（第四の十九）などは、「近代文学を通じて絶品」であるといわれるものである。これらの美しい風景描写は、作者の

「常に感覚の新鮮と精妙とを求める所の、美に憧れる心」が描き出すものであって、そこには「緊張の美」があるのである。この作品をしっかりと支えているのも、この「緊張の美」であった。

この作品が完成するまでには、実に長い年月が費やされた。それは、作者が主人公の気持ちに「本気になつて、入り込む事」ができるために必要な時間だったのである。ということは、主人公の成長と同時に作者の「人間的成長」にとって必要な年月であったのだ。長い年月の時の流れを経て完成されたこの作品は、それだけに深みと重みを増したのであって、「現代小説の中で最も完璧な、且最も人間味豊かな小説」と言われる所以《ゆえん》も理解できるのである。

大山遠望

灰色の月

背景

直哉は、長編『暗夜行路』の終章(第四の十六〜二十)を書き上げ、発表してからは、「無題」「クマ」「鬼」「病中夢」「蟲と鳥」「早春の旅」「馬と木賊《とくさ》」「淋しき生涯」などの作品を発表した。そして、昭和十七(一九四二)年六月の雑誌『女性公論』に「龍頭蛇尾《りゅうとうだび》」という小品を発表してから、終戦後までいっさい作品を発表しなかった。戦時下の言論統制のために、「何か書けば知らずく何所かにその不愉快が出さうで、それが一種の強迫観念になつて書くといふ事が甚《ひど》く億劫」になったためである。しかし、作者の心は、この戦争に深い悲しみと怒りを感じていた。作者の「アンチミリタリズム」はすでに「行路編」で述べたが、何よりも作者は、「暴力」を否定していたのであるから。

日本の各地に未曽有《みぞう》の戦禍を残して、日本は昭和二十(一九四五)年八月、連合国に無条件降服をし、敗戦したのだった。この敗戦のショックは、国民全体を虚脱状態にまでしたのだった。だが一方、言論の統制は無くなり、戦時下の重苦しい気分からようやく解放された。作者は、この戦争に対して感じていた悲しみや憤りを一時に晴らすかのように、戦後の混乱した世相に向かって発言したのだった。それは多く政治的な問題に関してであったが、(「行路編」参照)その気持ちがみごとな作品に結晶したものに「灰色の月」という作品がある。この作品は昭和二十年十一月に書かれ、翌二十一年一月の雑誌『世界』の創刊号に発表された。

あらすじ

私は、屋根のなくなった東京駅の歩廊で連《つれ》の二人と別れ、品川まわりの電車を待った。薄曇りのした空から灰色の月がぼんやりと空襲でやられた東京の焼跡を照らしていた。八時半ごろだったが、人が少なく、広い歩廊はいっそう広く感ぜられ、冷え冷えとしていた。しばらく待つうちに電車がやって来た。乗り込んだ車内はそれほど混《こ》んでいなかった。少年工と思われる十七、八歳の少年の横に私は腰掛けた。少年は私に背を向け、座席の端の袖板がないので、入口の方へ真横を向いて腰掛けていた。少年は眼をつぶり、口はだらしなく開けたまま上体を前後に大きく揺《ゆす》っていた。それは揺っているのではなく、からだが前に倒れるそれを起こす、また倒れる、それを繰り返しているのだ。居睡《いねむり》にしては連続的なのが不思議に感じられた。

有楽町、新橋と駅が過ぎるにしたがって大分混んできた。買出しの帰りらしい大きなリュックサックを背負った人も何人かいた。その人たちが互いにかばいあいながら、混みあった車中でその荷を置くところをゆずりあっている姿に、ひとところとはだいぶ違った人の気持ちが感ぜられた。各駅ごとにますます混みあって

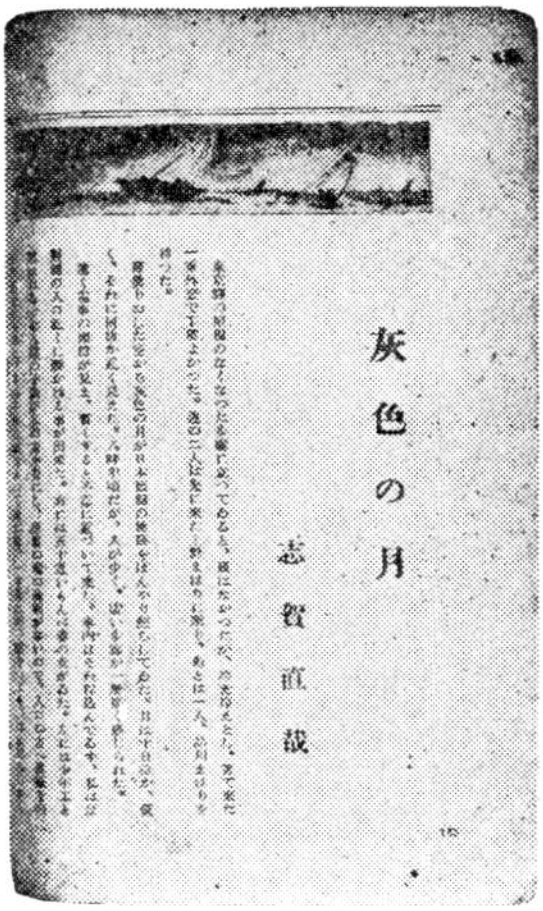
灰色の月

志賀直哉

「灰色の月」(『世界』昭和21年1月号に掲載)

きた車中で、しかし少年工は依然からだを大きく揺っていた。会社員風の一人がこの少年の顔を見て、「まぁなんて面《つら》をしてやがんだ」と言うと皆いっしょに笑い出した。その言いかたがおかしかったこともあるが、実際少年の顔も恐らくおかしかったのだろう。車内にはちょっと快活な空気ができた。その時、一人の若者が、指先で自分の胃の所をたたきながら「一歩手前ですよ」と言った。「病気かな」「酔ってるんぢやないか」と話しあっていると、また一人が「さうぢやないらしいよ」と言い、それで皆にも通じたらしく急に黙ってしまった。少年の地の悪い工員服の肩は破れ、裏から手拭で継《つぎ》が当てられてある。後前《うしろまえ》に被《かぶ》った戦闘帽の廂《ひさし》の下のよごれた細い首筋が淋しかった。少年はからだを揺らなくなった。そして、窓と入口の間にある一尺ほどの板張にしきりに頬を擦《す》りつけていた。そのようすはいかにも子どもらしく、ぼんやりした頭で板張をだれかに仮想し、甘えているのだという風に思われた。前に立っていた男は、「オイ、何所まで行くんだ」と少年の肩に手をかけてきいた。「上野へ行くんだ」「そりやあいけねえ。あべこべに乗つちやつたよ。こりやあ渋谷の方へ行く電車だ」少年はからだを起こし、窓外を見ようとした。この時重心を失い、いきなり私によりかかってきた。私は、不思議とほとんど反射的に少年のからだを肩で突き返した。これは私の気持ちを全く裏切った動作で、自分でも驚いたが、そのよりかかられた時の少年のからだの抵抗があまりに少なかったことで、いっそう気の毒な想いをした。「何所から乗つたんだ」私がきくと少年は向こうをむいたまま「渋谷から乗つた」と言った。「渋谷からぢや一トまはりしちやつたよ」とだれか言う者があった。少年は、「どうでもかまわねえや」とようやく聞きとれる低い声で言った。少年のこの独語《ひとりごと》は後まで私の心に残った。近くの乗客たちももう少年のことには触れなかった。どうすることもできないと思うのだろう、私もその一人でどうすることもできない気持ちだった。弁当でも持っていれば自身の気休めにやることもできるが、金をやったところで、昼間でもだめかも知れず、まして夜の九時ごろでは食物の得るあてはなかった。暗澹《あんたん》たる気持ちのまま渋谷駅で電車を降りた。昭和二十年十月十六日のことである。

鑑賞

この作品は、作者自身が実際に目撃したことを書いたものである。

「灰色の月」はあの通りの経験をした。あの場合、その子供をどうしてやつたらいいか、仮りに自家《うち》へ連れて来ても、自家の者だけでも足りない食料で、又、自身を考へても程度こそ異ふが、既に軽い栄養失調にかかつてゐる時で、どうする事も出来なかつた。全くひどい時代だつた。(「続々創作余談」)

作者は目撃した事実をそのまま書いた。作者の戦争に対して抱いていた怒りは、この車中の事実をより正確に描き出したことで明確に表現されたのである。それは、この事実の持つ重みを十分に感得しえた「意識」を持っていたのであるから。作者は、この作品でその事実の重みが訴える力を表現したのだ。

作者の感覚は、くるいなく敗戦後の様相をとらえている。

東京駅の屋根のなくなつた歩廊に立つてゐると、風はなかつたが、冷えぐとし、着て来た一重外套で丁度よかつた。……

薄曇りのした空から灰色の月が日本橋側の焼跡をぼんやり照らしてゐた。

まっている。作者は、戦争の傷跡をこれ以上語らない、また語る必要もないほど表現してしまっている。しかも、この焼土の描写の中には、戦後の国民全体が陥った茫然《ぼうぜん》自失した虚脱状態をも行間にただよわせている。そして焼土の街から混みあう車中の描写に移って行くにしたがって、日本国民が直面していた現実を表現して行った。

敗戦後の虚脱状態からぬけ出して、ともかくこの未曽有の混乱した世を生きぬかねばならなかった日本国民は、まず何よりも物資の欠乏という現実に直面した。他人よりもまず自分の生命を維持するために食料を求めて奔走《ほんそう》せねばならなかったのである。それはまさに「狂奔」であった。特に都会生活者は、毎日毎日リュックサックを背負って郊外に地方に食料の買い出しに行かねばならず、また空《あ》いた土地があればそれを耕《たがや》し野菜を植えて食料を確保するという「家庭菜園」が出現したのである。今日のありあまる豊かな物資を消費しているものには、それは実に想像を絶するものがあった。作者はこの敗戦後の日本の現実を適確に表現している。作者の筆は、買い出しの帰りと思われるリュックサックを背負った乗客や、餓死《がし》寸前にある少年工がおもわずつぶやいた「どうでもかまわねえや」といったかすかな独語《ひとりごと》に物資の欠乏した情況を定着させ、苦しい時代を表現したのである。また、ひところとはだいぶ違った人々の心――自分ひとりのことばかりに心をつくしてきたひところとはだいぶ違って、ともにこの苦しい時代を生きぬいて行こうとする人々の心に芽生えた共感を、混《こ》みあう車内で空所をゆずりあう乗客の姿に表現した。そして、そのような共感が芽生えはじめていた人々の心にも、どうしてもこの餓死寸前の少年を救ってやることのできない苦しい時代を、しいてはこのような情況にまで追い込んできた戦争のむごたらしさを強烈に訴えているのである。

しかし、この事実を目撃していた作者が、この少年に何もしてやらなかったことで作者への批判が提出された。作者はその批判に次のように答えている。

この短編を『世界』の創刊号に出した時、批評で、私がこの子供の為めに何もしなかつた事を非難した人が何人かあつたが、私はその非難をした人達に同じ事を経験させて見たいと思つた。作品の批評ではそんな事をいふが、実際に其場合、その人達はどういふ事をするだらう。私は何事もしてやれないと感じて、しなかつたのだが、私を非難した人達は出来ても恐らく何もしない人達だらうと思つた。（「続々創作余談」）

作者はみずからの立場をゆるぎなく守っている。「何事もしてやれないと感じて、しなかつたのだ」と言いきる作者は、自己に忠実であり、自《みず》らの心を裏切ってまで自己粉飾をしようとはしない。ここに、「それは自分自身に対する潔癖であり、自分をあらゆる場合に純粋であらしめようとする一種のエゴイズムである」(谷川徹三）と言われる所以《ゆえん》がある。作者の心には一点の自己欺瞞《ぎまん》の影はさしていない。いつわらない心情を吐露した作者の純粋性があるのだ。この作者の立場は、「小僧の神様」と同じである。小僧にすしをたらふくごちそうしてやった貴族院議員Aが感じた「変に淋しい気持」と同じように、この作品では「暗澹たる気持」を感じている作者がいる。ここに作者の「善意のヒューマニズムの悲しい限界」があるといえるかも知

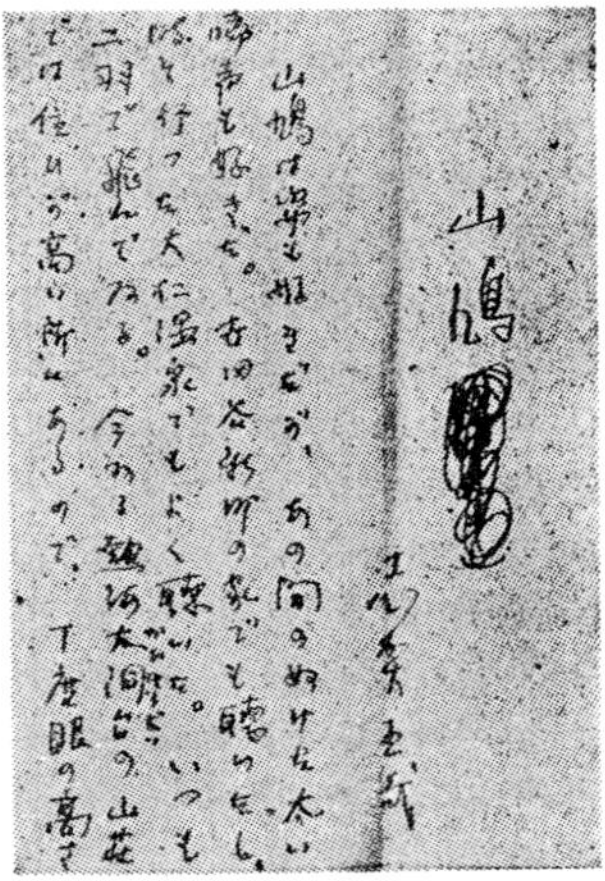

『山鳩』の原稿（昭和24年）

れない。しかし、この作品は、軍国主義の嵐が吹きすさび、言論の統制という抑圧の下で自らの創作意欲を断《た》たざるをえなかった作家志賀直哉が、こらえにこらえてきたその苦しみと憤りをこの作品の底に定着させ、そして敗戦日本の姿を深い悲しみと同情をもって描き出した作品なのである。作者のヒューマニズムの限界を批判する前に、この作者志賀直哉の感受性がよくとらえた敗戦日本の姿の事実の重みを、それを描き出した作者の描写のリアリティーを正当に評価せねばならないであろう。そして今日の平和で豊かな社会の出現のために、これだけの犠牲がはらわれてきたことを十分認識させるだけの力がこの作品にはあるのである。

作者はこの後《のち》、熱海に住居を移して名作「山鳩」「朝顔」を発表した。これらの作品は、実に短いものであるが、そこには老境に達した作者のよく到達しえた「小宇宙」の世界があり、「或る朝」に出発し、「和解」「暗夜行路」などの作品をもつ志賀文学が達しえた世界を鑑賞することができる。

以上をもって、「大正期の生んだもっとも多産な文学精神」であった志賀文学の大きな足跡の一端を見てきた作品鑑賞を終える。

年譜（年齢は数え年）

一八八三年（明治十六）　**一歳**二月二十日宮城県石巻《いしのまき》住吉町に生まれた。父直温《なおはる》は第一銀行石巻支店員としてこの地に在勤中で三十一歳、母銀は二十一歳であった。

一八八五年（明治十八）　**三歳**父第一銀行を辞し、一家は石巻を去り、東京麹町内幸町の祖父母の家に移る。

一八八六年（明治十九）　**四歳**芝幼稚園入園。

一八八九年（明治二十二）　**七歳**学習院初等科に入学。

一八九〇年（明治二十三）　**八歳**一家芝公園内の家に移る。

一八九三年（明治二十六）　**十一歳**旧相馬藩《そうまはん》主毒殺の疑いで祖父直道は拘引され、七十五日間未決に収容された。疑いがはれて免訴。世にいう相馬事件である。

一八九五年（明治二十八）　**十三歳**学習院中等科に進む。八月三十日生母銀、死去。享年《きょうねん》三十三。秋、義母浩を迎える。

一八九七年（明治三十）　**十五歳**三月異母妹英《ふさ》が生まれた。この年麻布三河台町に転居。

一八九八年（明治三十一）　**十六歳**中等科四年に進級の際、落第、原級三年にとどまる。

一八九九年（明治三十二）　**十七歳**二月異母弟直三が生まれた。

一九〇〇年（明治三十三）　**十八歳**夏、初めて内村鑑三を訪問、キリスト教に親しむ。

一九〇一年（明治三十四）　**十九歳**五月異母妹淑子が生まれた。足尾銅山鉱毒事件をめぐり父と衝突。

一九〇二年（明治三十五）　**二十歳**中等科卒業の際、再び落第。落ちたクラスに武者小路実篤、木下利玄、正親町公和らがいた。

一九〇三年（明治三十六）　**二十一歳**学習院高等科に進む。六月異母妹隆子が生まれた。

一九〇四年（明治三十七）　**二十二歳**五月「菜の花と小娘」を書く（大正九年発表）。

一九〇六年(明治三十九)　**二十四歳**一月十三日祖父直道死去。享年八十。六月「老杉」を『輔仁《ほじん》会雑誌』に発表。学習院高等科を卒業、東京帝国大学文科英文学科に入学。
一九〇七年(明治四十)　**二十五歳**六月『木下利玄「お京」を読む』を書く。八月家の女中と結婚を決意したことで家人と対立、特に父との不和が深まる。
一九〇八年(明治四十一)　**二十六歳**一月「或る朝」八月「網走まで」九月「速夫の妹」十二月「荒絹」を書く。他に「孤児」もこの年に書いた。三月木下利玄、里見弴と東海、関西方面を旅行した。この年英文科より国文科に転科。十一月異母妹昌子が生まれた。
一九〇九年(明治四十二)　**二十七歳**一月「子供四題」二月「鳥尾の病気」「無邪気な若い法学士」九月「或《あ》る一頁」を書く。
一九一〇年(明治四十三)　**二十八歳**四月同人雑誌『白樺』の創刊に参加。創刊号に「網走まで」を発表。四月「剃刀」八月「彼と六つ上の女」を書く。また「濁った頭」「親友」なども書いた。東京帝国大学を退学する。六月徴兵検査を受け、十二月一日、千葉県市川鴻台《こうのだい》砲兵第十六連隊に入隊したが、耳の疾患で九日間で兵役免除となり帰宅する。
一九一一年(明治四十四)　**二十九歳**二月「老人」八月「襖」「不幸なる恋の話」十二月「祖母の為に」を書く。
一九一二年(明治四十五・大正元)　**三十歳**一月「母の死と新しい母」「憶ひ出した事」八月「大津順吉」「正義派」「クローディアスの日記」十一月「鵠沼行」十二月「清兵衛と瓢箪」を書く。一月異母妹淑子が生まれた。十月父との不和から家を出て京橋に下宿、十一月単身広島県尾道に赴き、同市の棟割《むねわり》長屋に仮寓《かぐう》した。「暗夜行路」の前身、「時任謙作」を書きはじめる。
一九一三年(大正二)　**三十一歳**一月処女短編集「留女」を出版。五月「興津」八月「出来事」九月「范の犯罪」を書く。二月四国琴平、高松、屋島などを旅行する。五月尾道より帰京、八月山の手線の電車にはねられて重傷、東京病院に入院。十月、傷の後養生に城崎温泉に赴く。十一月尾道に帰ったが、まもなく中耳炎をわずらい帰京した。十二月、夏目漱石より東京朝日新聞の連載小説の執筆を勧められる。
一九一四年(大正三)　**三十二歳**一月「児を盗む話」。このころまでの作品の大部分は『白樺』に発表されている。十月「寓居」を書く。これ以降約三年間創作を休む。六月松江市に移る。新聞小説の作が進まず、七月上京し、漱石を訪《なず》ねて執筆辞退を申し出る。夏、伯耆大山に登る。九月京都市に移る。十二月十日、勘解由小路資承の娘康《さだ》（二十六歳）と結婚する。父はこの結婚に賛成せず、父子の不和は激化した。

一九一五年（大正四）　**三十三歳**五月鎌倉に移り、一週間で赤城山大沼に移った。九月赤城を去り、上高地、京都、奈良を旅行し、十月千葉県我孫子に移り住む。

一九一六年（大正五）　**三十四歳**六月長女慧子《さとこ》生まれ、生後五十六日で死亡。八月我孫子を出発、信州上林、加賀山中温泉、京都、奈良などを旅行し、十月初旬我孫子に帰る。この年の暮れ、武者小路実篤も我孫子に来たり住む。

一九一七年（大正六）　**三十五歳**四月「佐々木の場合」「城の崎にて」七月「好人物の夫婦」八月「赤西蠣太」九月「和解」を書き、『白樺』『黒潮』『新潮』『新小説』などに発表した。六月『大津順吉』（新潮社新進作家叢書第四巻）を刊行。七月次女留女子《るめ》が生まれた。八月三十日父と和解する。

一九一八年（大正七）　**三十六歳**十月「断片」十一月「十一月三日午後の事」を書く。一月短編集『夜の光』を新潮社より刊行。八月「新しき村」建設のため武者小路実篤、我孫子を去る。

一九一九年（大正八）　**三十七歳**三月「流行感冒」十一月「夢」十二月「小僧の神様」を書く。なお二月「憐れな男」（『暗夜行路』前編最終部分）を書き『中央公論』四月号に発表。六月長男直康《なおやす》生まれ、生後一月余で死亡。『新潮』四月号に広津和郎「志賀直哉論」を発表。

一九二〇年（大正九）　**三十八歳**一月から三月まで「大阪毎日新聞」夕刊に「或る男、其姉の死」を連載。二月「雪の日」三月「焚火」五月「赤城にて或日」八月「真鶴」を書く。なおこの年「謙作の追憶」（『暗夜行路』の序詞の部分）を発表。三月から四月にかけて京都、須磨、九州を旅行。五月三女壽々子が生まれた。

一九二一年（大正十）　**三十九歳**一月より八月まで（七月を除く）「暗夜行路」前編を『改造』に連載。二月短編集『荒絹』を春陽堂より出版。八月祖母留女死去。享年八十六、年末から神経痛に苦しみ、八十余日間臥床。

一九二二年（大正十一）　**四十歳**一月から「暗夜行路」後編

を発表し始めたが、しばしば休載した。四月、改造社より短編集『壽々《すず》』を出版、七月『暗夜行路』前編（新潮社）を出版。一月四女萬龜《まき》子が生まれた。八月から九月にかけて、神経痛療養のため草津温泉に滞在。

一九二三年（大正十二）**四十一歳**九月「震災見舞」十月「偶感」十二月「雨蛙」を書く。三月我孫子から京都に転居。九月関東大震災。八月号をもって『白樺』は廃刊。

九月二日震災見舞のため上京。

一九二四年（大正十三）**四十二歳**三月「転生」十月「濠端の住まひ」十二月「黒犬」を書く。

一九二五年（大正十四）**四十三歳**五月「瑣事」十二月「山科の記憶」を書く。また「矢島柳堂」の連作「白藤」「赤い帯」「鷭《ばん》」「百舌《もず》」の四編もこの年に書く。四月、短編集『雨蛙』を改造社より出版。この月奈良市に転居。五月次男直吉が生まれた。

一九二六年（大正十五・昭和元）**四十四歳**三月「痴情」「プラトニック・ラブ」七月「晩秋」九月「過去」十二月「山形」を書く。六月美術図録『座右宝』を出版。

一九二七年（昭和二）**四十五歳**三月「夢から憶ひ出す」七月「沓掛《くつかけ》にて」八月「邦子」九月「犬」を書く。五月短編集『山科の記憶』を改造社より刊行。夏、沓掛《くつかけ》、戸倉に遊ぶ。

一九二八年（昭和三）**四十六歳**六月「創作余談」十二月「豊年虫」「雪の遠足」を書く。七月改造社より『現代日本文学全集志賀直哉集』を刊行。

一九二九年（昭和四）**四十七歳**二月父直温死去。享年七十七。四月奈良市上高畑に家を新築して移る。十月五女田鶴《たず》子が生まれた。十二月満州旅行出発。この年から約五年間創作の筆を断つ。

一九三〇年（昭和五）**四十八歳**一月二十九日満州旅行を終えて奈良に帰る。

一九三一年（昭和六）**四十九歳**一月「リズム」を「読売新聞」に発表。六月『志賀直哉全集』（改造社、大判一冊本）を刊行。七月・八月小林多喜二との書簡の往復がある。後、多喜二は奈良の直哉の家を訪れた。十一月義母浩奈良に来たり住む。

一九三二年（昭和七）**五十歳**十一月六女貴美子が生まれた。

一九三三年（昭和八）**五十一歳**「池の縁」「萬暦赤絵」「日曜日」をこの年に書く。

一九三四年（昭和九）　**五十二歳**十一月「颱《たい》風」を書く。「朝昼晩」「菰《こも》野」もこの年に書く。七月から八月にかけ、約半月ほど子どもたちと山中湖畔に滞在。この間富士山に登る。

一九三五年（昭和十）　**五十三歳**三月義母浩死去。享年六十四。五月ごろから胆石《たんせき》を病み、翌年にかけて苦しむ。身体衰弱する。

一九三六年（昭和十一）　**五十四歳**五月「赤西蠣太」が映画化された。十一月中央公論社より短編集『萬暦赤繪』を出版。

一九三七年（昭和十二）　**五十五歳**三月「暗夜行路」後編最終部分を書き上げ、『改造』四月号に発表。足かけ十七年目に前・後編が完結した。九月『志賀直哉全集』全九巻が改造社より刊行されはじめた。十一月叔父《おじ》直方死去。享年五十九。

一九三八年（昭和十三）　**五十六歳**五月「続創作余談」を書く。四月奈良から東京淀橋諏訪町に転居。六月改造社版『志賀直哉全集』全九巻完結。

一九三九年（昭和十四）　**五十七歳**八月「病中夢」を書く。また「無題」「クマ」「鬼」もこの年に書く。六月胆石が再発し心身とも衰える。

一九四〇年（昭和十五）　**五十八歳**「虫と鳥」を書く。三月次男直吉とともに関西、北陸方面を旅行。五月世田谷新町に移転。

一九四一年（昭和十六）　**五十九歳**この年「早春の旅」「内村鑑三先生の憶ひ出」「馬と木賊」「淋しき生涯」を書く。七月日本芸術員会員となる。

一九四二年（昭和十七）　**六十歳**七月短編集『早春』を小山書店より出版。十二月次女留女子が結婚する。

一九四三年（昭和十八）　**六十一歳**十一月『暗夜行路』（座右宝刊行会、豪華一冊本）を刊行。三女壽々子が結婚する。十二月友人と関西、九州への旅に出る。

一九四四年（昭和十九）　**六十二歳**一月中旬、関西、九州旅行より帰る。

一九四五年（昭和二十）　**六十三歳**四月四女萬龜子が結婚する。六月高遠、福井、奈良を旅行する。八月終戦。十一月「灰色の月」を書く。

一九四六年（昭和二十一）　**六十四歳**四月「兎」十一月「玄人素人」を書く。六月から一月半ほど奈良東大寺の上司海雲の家に滞在。

一九四七年(昭和二十二)　**六十五歳**一月から四月まで「蝕まれた友情」を『世界』に連載。九月「猫」を書く。五月五女田鶴子、十二月次男直吉が結婚した。

一九四八年(昭和二十三)　**六十六歳**八月「太宰治の死」九月「老夫婦」十一月「実母の手紙」を書く。一月熱海市稲村大洞台に転居。三月短編集『翌年』を小山書店より出版。

一九四九年(昭和二十四)　**六十七歳**三月「湯河原の名人戦」「動物小品」六月「秋風」「奇人脱哉」十一月「山鳩」を書く。十月改造社より全八巻の『志賀直哉選集』が刊行され始める。十一月三日文化勲章を受けた。

一九五〇年(昭和二十五)　**六十八歳**二月「目白と鵯と蝙蝠」八月「閑人妄語」「妙な夢」を書く。一月短編集『秋風』を創芸社より出版。

一九五一年(昭和二十六)　**六十九歳**三月「朝の試写会」九月「自転車」を書く。二月中央公論社より短編集『山鳩』を出版。また『志賀直哉作品集』(創元社全五巻)を刊行。六月北海道を旅行する。八月九月軽井沢に滞在。

一九五二年(昭和二十七)　**七十歳**五月「私と東洋美術」を書く。九月改造社の『志賀直哉選集』完結。五月、梅原龍三郎、柳宗悦らと羽田発渡欧。八月帰国。

一九五三年(昭和二十八)　**七十一歳**十一月「朝顔」を書く。二月『志賀直哉集』(角川書店昭和文学全集第七巻)刊行。友人たちと伊豆吉奈温泉にて古稀を祝う。

一九五四年(昭和二十九)　**七十二歳**「いたづら」を『世界』四月号・六月号に発表。九月「鴉の子」を書く。三月中央公論社より全五巻『志賀直哉文庫』を刊行し始める。六月筑摩書房より『現代日本文学全集・志賀直哉集』を刊行。

一九五五年(昭和三十)　**七十三歳**四月「草津温泉」「続々創作余談」七月「夫婦」を書く。六月『志賀直哉全集』(岩波書店、全十七巻新書判)が刊行され始めた。五月渋谷常磐松に家を新築して移る。

一九五六年(昭和三十一)　**七十四歳**一月から三月まで「祖父」を『文芸春秋』に、三月「白い線」を『世界』に発表。

一九五七年(昭和三十二)　**七十五歳**一月「八手の花」を『新潮』に発表。十一月六女貴美子結婚する。

一九五八年(昭和三十三)　**七十六歳**「私の空想美術館」を『文芸春秋』の四・五月号に発表。

一九五九年（昭和三十四）　七十七歳一月「雀の話」「オペラ・グラス」を『産経新聞』『朝日新聞』にそれぞれ発表。「暗夜行路」が映画化される。

一九七一年（昭和四十六）　八十九歳　十月二十一日没

参考文献

「志賀直哉の作品」上・下　谷川徹三編　三笠書房　昭17・8・11
「志賀直哉ノオト」　石井庄司　斎藤書店　昭23・5
「志賀直哉論」　中村光夫　文芸春秋新社　昭29・4
「志賀直哉読本」　阿川弘之編　学習研究社　昭34・3
「志賀直哉」(日本文学アルバム)　筑摩書房　昭30・7
「志賀直哉の文学」　須藤松雄　南雲堂桜楓社　昭38・5
「志賀直哉」(近代文学鑑賞講座10)　須藤松雄編　角川書店　昭42・3
『白樺』派の文学」　本多秋五　講談社　昭29・7
『白樺』の運動」(岩波講座日本文学)　武者小路実篤　岩波書店　昭6・7
「志賀直哉読本」(『文芸』臨時増刊号)　河出書房　昭30・12
「志賀直哉論」　広津和郎　『新潮』　大8・4
「志賀直哉氏」(『文芸的な、余りに文芸的な』のうち)　芥川龍之介　昭2・4
「志賀直哉論」　小林秀雄　『改造』　昭13・2
「『暗夜行路』に於ける美と道徳」　河上徹太郎　『新女苑』昭13・6
「如是我聞」　太宰治　『新潮』　昭23・5―7
「太宰に対しての志賀」　小田切秀雄　『文芸』　昭23・11
「志賀直哉の『焚火』と『城の崎にて』」　福田清人　『解釈と鑑賞』　昭25・1
「時任謙作―現代文学にあらはれた知識人の肖像」　亀井勝一郎　『群像』　昭26・6

さくいん

〔作品〕

―完―

志賀直哉《しがなおや》■人と作品　　定価はカバーに表示

1968年9月30日　第1刷発行©
2016年8月30日　新装版第1刷発行©
2017年1月20日　新装版第2刷発行

・著　者 ……………………福田清人《ふくだきよと》／栗林秀雄《くりばやしひでお》
・発行者 ……………………………渡部　哲治
・印刷所 ……………………法規書籍印刷株式会社
・発行所 ……………………株式会社　清水書院

〒102-0072　東京都千代田区飯田橋3-11-6
Tel・03(5213)7151～7
振替口座・00130-3-5283
http://www.shimizushoin.co.jp

検印省略
落丁本・乱丁本は
おとりかえします。

CenturyBooks

Printed in Japan
ISBN978-4-389-40110-8

CenturyBooks

清水書院の〝センチュリーブックス〟発刊のことば

近年の科学技術の発達は、まことに目覚ましいものがあります。月世界への旅行も、近い将来のこととして、夢ではなくなりました。しかし、一方、人間性は疎外され、文化も、商品化されようとしていることも、否定できません。

いま、人間性の回復をはかり、先人の遺した偉大な文化を継承して、高貴な精神の城を守り、明日への創造に資することは、今世紀に生きる私たちの、重大な責務であると信じます。

私たちがここに、「センチュリーブックス」を刊行いたしますのは、人間形成期にある学生・生徒の諸君、職場にある若い世代に精神の糧を提供し、この責任の一端を果たしたいためであります。

ここに読者諸氏の豊かな人間性を讃えつつご愛読を願います。

一九六七年

SHIMIZU SHOIN

【人と思想】既刊本

老子	高橋　進
孔子	内野熊一郎他
ソクラテス	中野　幸次
釈迦	副島　正光
プラトン	中野　幸次
アリストテレス	堀田　彰
イエス	八木　誠一
親鸞	古田　武彦
ルター	小牧　治 泉谷周三郎
カルヴァン	渡辺　信夫
デカルト	伊藤　勝彦
パスカル	小松　摂郎
ロック	浜林正夫他
ルソー	中里　良二
カント	小牧　治
ベンサム	山田　英世
ヘーゲル	澤田　章
J・S・ミル	菊川　忠夫
キルケゴール	工藤　綏夫
マルクス	小牧　治
福沢諭吉	鹿野　政直
ニーチェ	工藤　綏夫
J・デューイ	山田　英世
フロイト	鈴村　金彌
内村鑑三	関根　正雄
ロマン＝ロラン	村上　嘉隆 村上　益子
孫文	横山　英 中山　義弘
ガンジー	坂本　徳松
レーニン	中野　徹三 高岡健次郎
ラッセル	金子　光男
シュバイツァー	泉谷周三郎
ネルー	中村　平治
毛沢東	宇野　重昭
サルトル	村上　嘉隆
ハイデッガー	新井　恵雄
ヤスパース	宇都宮芳明
孟子	加賀　栄治
荘子	鈴木　修次
アウグスティヌス	宮谷　宣史
トーマス・マン	村田　經和
シラー	内藤　克彦
道元	山折　哲雄
ベーコン	石井　栄一
マザーテレサ	和田　町子
中江藤樹	渡部　武
ブルトマン	笠井　恵二
本居宣長	本山　幸彦
佐久間象山	奈良本辰也 左方　郁子
ホッブズ	田中　浩
田中正造	布川　清司
幸徳秋水	絲屋　寿雄
スタンダール	鈴木昭一郎
和辻哲郎	小牧　治
マキアヴェリ	西村　貞二
河上肇	山田　洸
アルチュセール	今村　仁司
杜甫	鈴木　修次
スピノザ	工藤　喜作
ユング	林　道義
フロム	安田　一郎
マイネッケ	西村　貞二
エラスムス	斎藤　美洲
パウロ	八木　誠一
ブレヒト	岩淵　達治
ダンテ	野上　素一
ダーウィン	江上　生子
ゲーテ	星野　慎一
ヴィクトル＝ユゴー	辻　昶 丸岡　高弘
トインビー	吉沢　五郎
フォイエルバッハ	宇都宮芳明

平塚らいてう	小林登美枝
フッサール	加藤精司
ゾラ	尾崎和郎
ボーヴォワール	村上益子
カール=バルト	大島末男
ウィトゲンシュタイン	岡田雅勝
ショーペンハウアー	遠山義孝
マックス=ヴェーバー	住谷一彦他
D・H・ロレンス	倉持三郎
ヒューム	泉谷周三郎
シェイクスピア	福田陸太郎 菊川倫子
ドストエフスキイ	井桁貞義
エピクロスとストア	堀田彰
アダム=スミス	浜林正夫 鈴木亮
ポパー	川村仁也
フンボルト	西村貞二
白楽天	花房英樹
ベンヤミン	村上隆夫
ヘッセ	井手賁夫
フィヒテ	福吉勝男
大杉栄	高野澄
ボンヘッファー	村上伸
ケインズ	浅野栄一
エドガー=A=ポー	佐渡谷重信

ウェスレー	野呂芳男
レヴィ=ストロース	吉田禎吾他
ブルクハルト	西村貞二
ハイゼンベルク	小出昭一郎
ヴァレリー	山田直
プランク	高田誠二
ラヴォアジエ	中川鶴太郎
T・S・エリオット	徳永暢三
シュトルム	宮内芳明
マーティン=L=キング	梶原寿
ペスタロッチ	長尾十三二 福田弘
玄奘	三友量順
ヴェーユ	冨原眞弓
ホルクハイマー	小牧治
サン=テグジュペリ	稲垣直樹
西光万吉	師岡佑行
ヴァイツゼッカー	加藤常昭
メルロ=ポンティ	村上隆夫
オリゲネス	小高毅
トマス=アクィナス	稲垣良典
ファラデーとマクスウェル	後藤憲一
津田梅子	古木宜志子
シュニツラー	岩淵達治

タゴール	丹羽京子
カステリョ	出村彰
ヴェルレーヌ	野内良三
コルベ	川下勝
ドゥルーズ	鈴木亨
「白バラ」	関楠生
リジュのテレーズ	菊地多嘉子
リッター	西村貞二
プルースト	石木隆治
ブロンテ姉妹	青山誠子
ツェラーン	森治
ムッソリーニ	木村裕主
モーパッサン	村松定史
大乗仏教の思想	副島正光
解放の神学	梶原寿
ミルトン	新井明
ティリッヒ	大島末男
神谷美恵子	江尻美穂子
レイチェル=カーソン	太田哲男
オルテガ	渡辺修
アレクサンドル=デュマ	辻昶 稲垣直樹
西行	渡部治
ジョルジュ=サンド	坂本千代
マリア	吉山登